A RAINHA DA NEVE

A RAINHA DA NEVE

MICHAEL CUNNINGHAM

Tradução
Regina Lyra

Rio de Janeiro | 2015

THE SNOW QUEEN *by* Michael Cunningham.
Copyright © 2014 *by* Mare Vaporum Corp.

Mediante acordo com o autor. Todos os direitos reservados.

Capa: Ângelo Allevato Bottino
Foto de capa: William Andrew / Getty Images

Editoração: Futura

Texto revisado segundo o novo
Acordo Ortográfico da Língua Portuguesa

2015
Impresso no Brasil
Printed in Brazil

Cip-Brasil. Catalogação na publicação.
Sindicato Nacional dos Editores de Livros, RJ.

C981r   Cunningham, Michael, 1952-
A rainha da neve / Michael Cunningham; tradução Regina Lyra. — 1. ed.
— Rio de Janeiro: Bertrand Brasil, 2015.
252 p.; 23 cm.

Tradução de: The snow queen
ISBN 978-85-286-2031-3

1. Ficção americana. I. Lyra, Regina. II. Título.

15-23467

CDD: 813
CDU: 821.111(73)-3

Todos os direitos reservados pela:
EDITORA BERTRAND BRASIL LTDA.
Rua Argentina, 171 — 2º andar — São Cristóvão
20921-380 — Rio de Janeiro — RJ
Tel.: (0xx21) 2585-2076 — Fax: (0xx21) 2585-2084

Não é permitida a reprodução total ou parcial desta obra, por
quaisquer meios, sem a prévia autorização por escrito da Editora.

Atendimento e venda direta ao leitor:
mdireto@record.com.br ou (0xx21) 2585-2002

Impresso no Brasil pelo Sistema Cameron da Divisão Gráfica da
DISTRIBUIDORA RECORD DE SERVIÇOS DE IMPRENSA S.A.

Este livro é para Billy Hough

Vazios, vastos e frios eram os domínios da Rainha da Neve. O brilho cintilante da aurora boreal podia ser nitidamente visto, quer bem alto ou nem tanto no céu, de qualquer parte do castelo. No centro do salão vazio e interminável de neve havia um lago congelado, cuja superfície exibia milhares de formas, cada qual lembrando uma outra por ser, em si, perfeita como uma obra de arte, e no meio desse lago sentava-se a Rainha da Neve quando estava no palácio. Seu nome para o lago era "O Espelho da Razão", e ela dizia ser este o melhor e, com efeito, o único espelho no mundo.

— Hans Christian Andersen, *A Rainha da Neve*

UMA NOITE

Uma luz celestial mostrou-se a Barrett Meeks no céu do Central Park quatro dias depois de Barrett ter sido maltratado, uma vez mais, pelo amor. Em absoluto o primeiro pontapé romântico que levou, esse foi, contudo, o primeiro a lhe ser comunicado por meio de um texto de cinco linhas, concluído de forma dolorosamente corporativa com votos de boa sorte no futuro, seguido de três x em caixa baixa.

Ao longo dos últimos quatro dias, Barrett vinha fazendo o possível para não se deixar abater pelo que parecia uma série de rupturas progressivamente lacônicas e tépidas. Quando tinha vinte e poucos anos, o amor costumava terminar em acessos de choro, em gritos suficientemente altos para agitar os cães da vizinhança. Numa ocasião, ele e seu futuro ex trocaram socos (Barrett ainda consegue ouvir a mesa sendo virada, o som do moedor de pimenta ao rolar, de lado, pelo assoalho). Noutra: um concurso de gritos na Barrow Street, uma garrafa quebrada (a palavra "apaixonar-se" ainda sugere, para Barrett, cacos de vidro verde numa calçada sob um poste de luz), e a voz de uma velha, nem estridente, nem reprovadora, vazando de alguma janela baixa e escura, dizendo, simplesmente: "Será que vocês, rapazes, não entendem que mora gente aqui, gente que está tentando dormir?", no tom típico de uma mãe exausta.

Quando Barrett, porém, entrou nos trinta e poucos e, depois, nos trinta e muitos anos, as despedidas cada vez mais passaram a soar como negociações comerciais. Não que fossem destituídas de mágoa e acusações, mas sem dúvida se tornaram menos histéricas. Passaram a se assemelhar a contratos e investimentos que infelizmente haviam dado errado, apesar das promessas iniciais de retornos consistentes.

Essa última despedida, porém, era a primeira por meio de texto, o adeus surgindo sem convite e sem presságio numa tela menor que um sabonete de hotel. *Oi, Barrett, acho que você sabe do que se trata. A gente fez o melhor que pôde, certo?*

Barrett não sabia, com efeito, do que se tratava. Entendeu a mensagem, lógico — o amor, e qualquer que fosse o futuro que o amor implicasse, havia sido cancelado. No entanto, *Acho que você sabe do que se trata* era meio como se um dermatologista dissesse, na lata, depois do checkup anual: *Acho que você sabe que o sinalzinho na sua bochecha, aquela pintinha cor de chocolate, mencionada mais de uma vez como característica do seu charme (quem tinha dito que a versão falsa da pintinha de Maria Antonieta ficava naquele mesmo lugar?), na verdade é um câncer de pele.*

Barrett respondeu inicialmente na mesma moeda, via mensagem de texto. Um e-mail iria parecer coisa de velho; um telefonema, um ato de desespero. Por isso, digitou naquelas teclas minúsculas: *Uau, isso é repentino, que tal a gente conversar a respeito, estou no lugar de sempre. xxx.*

Ao fim do segundo dia, Barrett enviara mais dois textos, seguidos de duas mensagens de voz, e passara a maior parte da segunda noite evitando uma terceira. No final do dia número três, não só não recebera qualquer resposta, como também começara a se dar conta de que não haveria resposta alguma; de que o musculoso e responsável canadense, candidato a um Ph.D (Psicologia, Columbia) com o qual partilhara cinco meses de sexo, comida e intimidades, o homem que dissera "Eu bem que poderia amar você de verdade" depois de ouvir Barrett recitar a "Ave-Maria" de Frank O'Hara enquanto os dois tomavam banho juntos, o mesmo sujeito que mostrou saber os nomes das árvores todas quando passaram um fim de semana nos Adirondacks, estava simplesmente seguindo em frente; e de que ele, Barrett, tinha sido largado na plataforma, tentando entender como, exatamente, perdera o trem.

Desejo sorte e felicidade para você no futuro. xxx.

Na quarta noite, Barrett optou por atravessar a pé o Central Park na volta para casa, após uma consulta ao dentista, consulta que, por um lado, lhe parecia deprimentemente lugar-comum, mas, por outro, uma demonstração de coragem. Tudo bem, livre-se de mim em cinco linhas anônimas herméticas e perversas (*Sinto muito que não tenha funcionado como a gente esperava, mas sei que nós dois fizemos o melhor possível*), mas não vou negligenciar meus dentes por sua causa. Vou ficar satisfeito, satisfeito e agradecido, por saber que, afinal, não preciso de um tratamento de canal.

Ainda assim, a ideia de que, sem que lhe fosse concedido um tempo para se preparar para tanto, ele jamais voltaria a contemplar o encanto puro e descuidado desse jovem que tanto lembrava os jovens atletas de aparência ágil e inocente pintados com devoção por Thomas Eakins; a ideia de que nunca mais veria esse garoto despir sua cueca antes de se deitar, jamais testemunharia seu deleite liberal, ingênuo, ante pequenas satisfações (uma fita com canções de Leonard Cohen gravada para ele por Barrett e chamada *Why Don't You Just Kill Yourself*; uma vitória dos Rangers), soava literalmente impossível, uma violação da física do amor. Assim como o fato de que Barrett, tudo indicava, jamais saberia o que dera tão errado. De fato, houvera, durante o último mês, uma ou outra briga, um ou outro lapso desconfortável numa conversa, mas Barrett supusera que os dois meramente estivessem entrando na fase seguinte; que suas rusgas (Será que você pode tentar *às vezes* não se atrasar? Por que tem de fazer pouco de mim desse jeito na frente dos meus amigos?) fossem sinal de uma crescente intimidade. Nem remotamente imaginara que numa manhã, ao checar suas mensagens de texto, fosse descobrir que o amor se perdera com praticamente o mesmo grau de remorso que despertaria a perda de um par de óculos escuros.

Na noite da aparição, Barrett, aliviado da ameaça do tratamento de canal, tendo prometido usar com mais regularidade o fio dental, cruzara o Gramado Monumental e se aproximava do bloco glacial feericamente iluminado do Museu Metropolitan, esmagando com os pés a neve branco-acinzentada já transformada em gelo. Pegara um atalho para o metrô e, salpicado pelos pingos caídos de galhos de árvores, voltava para casa e para Tyler e Beth, feliz por ter alguém esperando por ele. Sentia-se anestesiado, como se tivesse tomado uma injeção de Novocaína. Perguntava-se se estaria se tornando, aos trinta e oito anos, menos uma figura de ardor trágico, o tolo embriagado de amor, e mais um administrador intermediário que abrira mão de um negócio (sim, o portfólio da empresa sofrera algumas perdas, mas nada catastrófico) e já passava ao seguinte, com aspirações renovadas, ainda que um pouco menos razoáveis. Já não se sentia inclinado a desferir um contra-ataque, a deixar mensagens de voz a cada hora ou ficar de sentinela do lado de fora do prédio do ex, embora dez anos antes fosse optar precisamente por esse curso de ação. Barrett Meeks, um soldado do amor. Agora só conseguia se imaginar como um sujeito envelhecido e indigente. Se encenasse um show de fúria e ardor, isso serviria tão somente para disfarçar o fato de estar falido; estava falido: por favor, companheiro, será que você tem algo de que possa abrir mão?

Barrett andava de cabeça baixa pelo parque, não por vergonha, mas por cansaço, como se a cabeça pesasse demais para mantê-la erguida. Olhava para baixo, para a modesta poça azul-acinzentada da própria sombra lançada pelos postes de luz sobre a neve. Observou a sombra deslizar sobre uma pinha, um arranjo vagamente rúnico de agulhas de pinheiro e o invólucro de uma barra de Oh Henry! (ainda existiam barras de Oh Henry?) prateado e recortado nas pontas, soprados pelo vento.

O jardinzinho miniatura a seus pés chamou sua atenção, de repente, por ser demasiado invernal e prosaico. Ele ergueu a cabeça pesada e olhou para cima.

Lá estava ela. Uma luz pálida, turquesa, translúcida, uma espécie de véu, na altura das estrelas, não, abaixo das estrelas, mas alta, bem mais alta do que uma nave espacial pairando acima da copa das árvores. Podia ou não estar lentamente se desdobrando, mais densa no centro, desfazendo-se nas extremidades em fios e espirais rendilhados.

Barrett achou que devia ser uma espantosa aparição da aurora boreal, não exatamente uma imagem comum sobre o Central Park, mas ali, de pé — um pedestre de casacão e cachecol, entristecido e decepcionado, mas um pedestre normal mesmo assim, parado em cima do gelo iluminado pelo poste —, ergueu os olhos para a luz, enquanto supunha que a notícia já se espalhara por todo lado, e se perguntou se deveria permanecer onde estava, individualmente surpreso, ou sair correndo em busca de alguém para corroborar sua história — havia outras pessoas, seus sombrios contornos visíveis, bem ali, dispersas pelo Gramado Monumental...

Em sua incerteza e imobilidade, impassível sobre os pés calçados em mocassins, a ficha caiu. Ele acreditou — piamente — que assim como olhava para a luz, a luz também olhava para ele.

Não. Olhar não era a palavra. A luz o *registrava*. Do mesmo jeito como supunha que uma baleia registrasse um nadador, com uma curiosidade solene e régia, totalmente destemida.

Sentiu a atenção da luz, um arrepio que perpassou seu corpo, um microzumbido elétrico; uma voltagem suave e agradável que o envolveu, aqueceu e até mesmo pareceu, quem sabe, iluminá-lo de leve, de modo a deixá-lo mais brilhante do que antes, apenas ligeiramente; fosforescente, mas róseo, como convém a um ser humano, nada além de um rubor suave que lhe aflorou à pele.

Então, nem lenta nem rapidamente, a luz sumiu. Empalideceu até se tornar um feixe de fagulhas azuladas que pareciam, de alguma forma, vivas, como o rebento brincalhão de um pai plácido e titânico. Então, também as fagulhas se apagaram, e o céu voltou ao que era dantes, ao que sempre havia sido.

Ele continuou parado ali algum tempo, observando o céu como faria com uma tela de tevê repentinamente desligada, que pudesse, tão misteriosamente quanto da primeira vez, voltar a ser ligada. O céu, porém, continuou a lhe oferecer apenas sua escuridão sóbria (as luzes de Nova York acinzentando o negrume noturno) e os pontinhos esparsos de estrelas potentes o bastante para serem vistas. Retomou, afinal, seu caminho de volta para casa, para Beth e Tyler, para os confortos modestos do apartamento em Bushwick.

O que mais, afinal, lhe cabia fazer?

Novembro de 2004

N eva no quarto de Tyler e Beth. Flocos — pedaços duros, mais para bolas de beisebol do que flocos de neve, mais cinzentas que brancas à parca claridade da aurora — entram rodopiando pela janela e vão pousar nas tábuas do assoalho junto à cama.

Tyler acorda de um sonho, que se dissolve quase inteiramente, deixando apenas uma sensação de alegria caprichosa e incômoda. Quando abre os olhos, tem a impressão passageira de que os filamentos de neve voando pelo quarto fazem parte do sonho, uma manifestação da piedade gélida e divina. Na verdade, porém, não passa de neve real, entrando pela janela que ele e Beth se esqueceram de fechar na noite anterior.

Beth dorme enroscada dentro do abraço de Tyler. Com delicadeza, ele liberta o braço e se levanta para fechar a janela. Atravessa descalço o quarto salpicado de neve, fazendo o que precisa ser feito. Isso é gratificante. Tyler é o ajuizado ali. Em Beth encontrou, finalmente, alguém mais romanticamente visionário que ele. Beth, se acordasse, provavelmente lhe pediria para deixar a janela aberta. Adoraria a ideia de o quartinho apertado e abarrotado (os livros se amontoam e Beth não abandona o hábito de levar para casa tesouros que encontra na rua — o abajur da dançarina de hula, que, teoricamente, pode receber nova fiação; a mala de couro surrada; as duas cadeiras raquíticas e efeminadas) lembrar um globo de neve em tamanho real.

Tyler fecha a janela com esforço. Tudo nesse apartamento está empenado. Uma bolinha de gude largada no meio da sala correria direto até a porta de entrada. Quando força o caixilho, um derradeiro frenesi de neve invade o quarto como se buscasse sua última oportunidade de... de quê? A quentura acachapante do quarto de Tyler e Beth, essa breve oferta de calor e dissolução? Quando a minilufada o atinge, um cisco entra em seu olho; ou talvez se trate de algum cristal de gelo microscópico, como o mais mínimo caquinho de vidro imaginável. Tyler esfrega o olho, mas não consegue chegar ao corpo estranho que ali se alojou. É como se tivesse sido exposto a uma pequena mutação; como se o cisco transparente se grudasse à córnea. Fica ali, com um olho perfeitamente límpido e o outro turvo e lacrimoso, vendo os flocos de neve se atirarem contra o vidro. Ainda não são nem seis da manhã. Está branco lá fora, por todo lado. Os monturos de neve que, dia após dia, foram empurrados para as beiradas do estacionamento ao lado — solidificados, formando montículos cinzentos, salpicados, toxicamente, aqui e acolá, por paetês de fuligem — estão agora, ao menos agora, alvos como se saídos diretamente de um cartão de Natal; ou, melhor dizendo, saídos de um cartão de Natal desde que observados com atenção restritiva, obliterando-se a fachada de concreto cor de chocolate do armazém vazio (sobre a qual o fantasma da palavra "concreto" ainda se encontra gravado, embora tão desbotado que é como se o prédio em si, há tanto tempo abandonado, ainda insista em anunciar o próprio nome) e a rua ainda adormecida onde o Q em neon na placa LIQUOR pisca e zumbe como um farol de emergência. Mesmo nessa paisagem urbana turbulenta, porém — essa vizinhança assombrada, semivazia, onde a carcaça queimada de um velho Buick permanece (estranhamente piedosa em sua absoluta inutilidade estranhamente pia, eviscerada e grafitada), faz um ano, na rua que se vê da janela de Tyler — existe uma beleza descarnada produzida pela claridade pré-aurora; uma sensação de esperança comprometida, mas ainda viva. Mesmo em Bushwick. Lá vem mais neve fresca, em grande quantidade agora, imaculada, com uma sugestão de bênção, como se uma empresa que distribuísse serenidade e harmonia em bairros melhores tivesse se enganado de endereço.

Quando se mora em determinados lugares, sob certos aspectos, o melhor é aprender a agradecer pequenas benesses.

E, à semelhança de Tyler, mora-se nesse lugar, nessa vizinhança placidamente empobrecida de velhas fábricas de alumínio, de armazéns e estacionamentos, tudo construído com pouco dinheiro, que abriga negócios modestos e moradores desalentados (imigrantes da República Dominicana, em sua maioria, gente que fez um esforço considerável para chegar aonde chegou — que nutriu, certamente, uma esperança maior do que aquilo que Bushwick tinha a oferecer), que vão e vêm sem reclamar de empregos que pagam salário mínimo —, como se a derrota não mais pudesse ser derrotada, como se ter alguma coisa, qualquer coisa, já fosse uma sorte. O local já nem é mais especialmente perigoso; claro que vez por outra acontece um assalto, mas tudo indica que até mesmo os criminosos perderam a ambição. Num lugar como esse, a admiração é esquiva. É difícil debruçar-se numa janela vendo a neve cair sobre as lixeiras atopetadas (os caminhões de lixo parecem lembrar-se, esporádica e imprevisivelmente, de que também ali há lixo para recolher) e o calçamento lascado sem prever sua deterioração, sua transformação em barro cor de estrume, em poças marrons nas esquinas, poças em que guimbas de cigarro e invólucros amassados de chicletes (a prata dos parvos) boiarão mais tarde.

Tyler devia voltar para a cama. Mais um cochilo e quem sabe acordasse num mundo onde a limpeza fosse mais resoluta, mais civilizada, um mundo que vestisse um cobertor branco pesado por cima do seu leito rochoso e árido.

Reluta, porém, em se afastar da janela nesse estado de antecipação nebulosa. Voltar para a cama agora seria demasiado semelhante a assistir a uma peça delicadamente tocante cujo final não é nem trágico nem feliz, que começa a se apagar até não haver mais ator algum no palco, até a plateia se dar conta de que a encenação deve ter chegado ao fim, que está na hora de levantar e ir embora do teatro.

Tyler prometeu que vai reduzir seu consumo. Vem cumprindo a promessa há alguns dias. Neste instante, agorinha, porém, está diante de uma pequena emergência metafísica. Beth não piorou, mas também não melhorou. A Avenida Knickerbocker aguarda pacientemente em seu breve intervalo de beleza acidental até poder voltar ao lamaçal e poças que constituem seu estado natural.

Tudo bem. Ele vai se dar uma folga esta manhã. Pode retomar seu rigor com a maior facilidade. Não passa de uma cheiradinha, num momento em que é necessária.

Vai até a cômoda, pega na gaveta seu vidrinho e cheira umas duas rápidas carreiras.

E cá está. Cá está a picada de ânimo. Ele despertou de sua viagem noturna de sono, todo clareza e propósito; renovou sua cidadania no mundo de gente que luta e se conecta, gente determinada, que anseia e deseja, que se lembra de tudo, que caminha lúcida e destemidamente.

Volta à janela. Se a ideia daquele cristal de gelo era incorporar-se a seu olho, a transformação já se completou; pode enxergar mais claramente agora com a ajuda de seu minúsculo espelho de aumento...

Lá está de novo a Avenida Knickerbocker, e, sim, logo ela voltará à sua permanente condição de lugar-nenhum, Tyler não se esqueceu disso, mas o nebuloso futuro iminente não importa, o que lembra muito quando Beth diz que a morfina não acaba com a dor, mas a põe de lado, a torna irrelevante, uma curiosidade paralela, mortificante (Vide o Menino Cobra! Vide a Mulher Barbada!), mas remota e, claro, falaciosa, nada mais que resina e látex.

A dor de Tyler, uma dor menor, a umidade de sua engrenagem interior, todos esses elétrons que zumbem e faíscam em seu cérebro, foi enxugada pela cocaína. Um instante atrás, estava sem foco e mordaz, mas agora — após uma rápida inalada de pura magia — ele é todo acuidade e verve. Despiu a própria fantasia, e seu genuíno figurino de si mesmo lhe cai à perfeição. Tyler é uma plateia de um só espectador, de pé nu junto à janela no início do século 21, com a esperança ribombando entre as costelas. Parece possível que todas as surpresas (ele não planejou precisamente ser um músico desconhecido aos quarenta e três anos, vivendo em castidade lasciva com a namorada moribunda e o irmão caçula, que se transformou, paulatinamente, de jovem mago em um mágico cansado de meia-idade, tirando pombos de uma cartola pela milésima vez) tenham feito parte de um esforço insondável, imenso demais para ser visto; um acúmulo de oportunidades perdidas e planos cancelados e garotas que eram quase, mas não exatamente, ideais, tudo aparentemente aleatório na época, mas que por fim o levou até ali, a essa janela, a essa vida difícil, porém interessante, aos seus amores buldogues, seu corpinho ainda em forma (as drogas ajudam) e um pau ativo (o seu) enquanto os Republicanos estão prestes a serem derrotados e um novo mundo, frio e limpo, prestes a começar.

Tyler pega um pano e limpa a neve derretida no assoalho. Vai cuidar disso. Vai adorar Beth e Barrett com mais pureza. Vai correr atrás, vai pegar um turno extra no bar, louvar a neve e tudo que ela tocar. Vai tirá-los desse apartamento soturno, cantar ferozmente no coração do mundo, encontrar um agente, costurar tudo, lembrar-se de pôr o feijão de molho para o cassoulet, levar Beth para a quimioterapia no horário certo, cheirar menos cocaína e parar com o Dilaudid de vez; vai, finalmente, terminar de ler *O Vermelho e o Negro*. Vai abraçar Beth e Barrrett, confortá-los, recordar aos dois quão pouco motivo existe para preocupação, alimentá-los, contar-lhes as histórias que os tornam muito mais visíveis para si mesmos.

Lá fora, a neve muda de direção com a mudança de direção do vento e parece que alguma força benigna, algum megaobservador invisível, sabe o que Tyler deseja um instante antes que ele mesmo o saiba — uma repentina animação, uma mudança, o suave e constante cair da neve de repente se transformando numa cortina esvoaçante, num mapa das correntes do vento; e, sim — preparado, Tyler? —, está na hora de soltar os pombos, cinco, do telhado da loja de bebidas, está na hora de botá-los no ar e depois (está olhando?) virá-los, argentados pela claridade da aurora, de costas para os flocos soprados pelo vento, e fazê-los navegar sem esforço no ar agitado que sopra a neve em direção ao East River (onde as barcaças estarão abrindo caminho, alvas como navios de gelo, em meio à água agitada); e, sim, isso mesmo, um instante depois será hora de apagar os postes de rua e, simultaneamente, um caminhão fazer a curva na Rock Street, os faróis ainda acesos e no teto prateado luzinhas vermelhas de alerta piscando, granada e rubi. É perfeito, é incrível, aplausos!

Barrett corre sem camisa em meio aos flocos de neve. O peito está rubro; a respiração explode em nuvens de vapor. Dormiu um sono agitado de poucas horas. Agora faz sua corrida matutina. Acha que esse ato totalmente habitual o conforta, essa corrida pela Knickerbocker, deixando atrás de si uma pequena e breve trilha da evaporação do próprio hálito, como acontece com uma locomotiva que corta uma cidadezinha ainda sonolenta, salpicada de neve, embora Bushwick pareça uma cidade de verdade, sujeita à lógica estrutural de uma cidade (em contraste com sua real condição de um aglomerado de prédios e terrenos baldios cheios de entulho, destituído de centro e de periferia), apenas ao raiar do dia em sua calmaria gélida, prestes a terminar. Logo as delicatéssens e as lojas serão abertas na Flushing, as buzinas vão soar a todo vapor, o homem pirado — imundo e oracular, cintilante de insanidade, como alguns dos santos mais anêmicos e abatidos — assumirá seu posto, com a diligência de uma sentinela, na esquina da Knickerbocker com a Rock. No momento, porém, por enquanto, tudo é silêncio. A Knickerbocker está silenciosa, despertando e sem sonhos, vazia, salvo por uns poucos carros que se arrastam com cautela, atravessando, com seus faróis acesos, a neve que cai.

Ela cai desde a meia-noite, rodopiando no ar, e o céu começa de forma imperceptível a despir seu negrume noturno e envergar o cinza lúcido e aveludado do amanhecer. O único céu inocente de Nova York.

Na noite passada o céu despertou, abriu um olho e viu nem mais nem menos que Barrett Meeks a caminho de casa vestindo um sobretudo estilo cossaco, de pé no solo gelado do Central Park. O céu o encarou, notou-o, fechou novamente o olho e voltou ao lugar onde, conforme Barrett pode apenas imaginar, estão os sonhos mais reveladores, incandescentes e galácticos.

Um temor: a noite anterior pode não ter sido nada além de um vislumbre acidental do que fica por trás de uma cortina celestial, uma dessas coisas que acontecem. Barrett não foi mais "escolhido" do que uma criada de quarto, destinada a casar-se com um membro da família depois de casualmente ver o filho mais velho nu, a caminho do banho, supondo que o corredor estivesse vazio.

Mais um temor: a noite anterior significou algo, embora seja impossível saber, ou sequer adivinhar, o quê. Barrett, um católico pervertido, de cabeça torta, mesmo em idade escolar (o Cristo de mármore e veias cinzentas na entrada da Escola da Transfiguração era *quente*, tinha barriga de tanquinho e um par de bíceps e aquele rosto melancólico, virginal), não se lembra de ter ouvido, nem da boca da mais desalentada das freiras, a história de uma visão concedida de forma tão arbitrária, tão fora de contexto. Visões são respostas. Respostas presumem perguntas.

Não é que Barrett não tenha perguntas. Quem não tem? Mas nada que demande respostas de um profeta ou oráculo. Mesmo se tivesse a chance, será que haveria de querer que um discípulo corresse calçando apenas meias por um corredor sombrio e interrompesse o vidente com a finalidade de perguntar por que todos os namorados de Barrett Meeks acabam se revelando nerds sádicos? Ou que tipo de ocupação finalmente há de manter Barrett interessado por mais de seis meses?

Qual, então — se houve alguma intenção expressa ontem à noite, se aquele olho celestial se abriu especificamente para Barrett —, foi a anunciação? O que exatamente a luz queria que ele *fizesse*?

Quando chegou em casa, Barrett perguntou a Tyler se ele a tinha visto (Beth estava na cama, mantida em órbita pela força cada vez mais gravitacional da sua zona sombria). Quando Tyler perguntou "Ver o quê?", Barrett descobriu, surpreso, a própria relutância em falar sobre a luz. Havia, claro, a explicação óbvia — ninguém quer que o irmão mais velho desconfie da sua sanidade mental, certo? —, mas igualmente havia uma sensação mais peculiar da necessidade de ser discreto, como se o tivessem silenciosamente instruído a não contar a pessoa alguma. Por isso, inventou rapidamente um atropelamento na esquina da Thames Street.

E depois foi checar o noticiário.

Nada. A eleição, lógico. E o fato de que Arafat estava morrendo; que a tortura em Guantánamo havia sido confirmada; que uma cápsula espacial há muito aguardada, contendo amostras do sol, tinha se espatifado porque o paraquedas não se abriu.

Mas nenhum âncora de jornal encarou a câmera e disse: *Esta noite o olho de Deus se voltou para a terra...*

Barrett preparou o jantar (não se pode contar com Tyler ultimamente para lembrar que as pessoas precisam comer periodicamente, e Beth está demasiado doente). Permitiu-se voltar a pensar em seu último amor perdido. Talvez fosse aquela conversa telefônica de fim de noite, quando Barrett percebeu que se alongara demais sobre o cliente pirado que teimara em dizer que antes de comprar um determinado paletó precisava de provas de que ele não havia sido fabricado com trabalho escravo — Barrett pode ser um pé no saco às vezes, certo? — ou talvez a noite em que ele acertou a bola branca fora da mesa e que a lésbica fez aquele comentário com a namorada (ele também pode, às vezes, ser motivo de vergonha).

No entanto, não lhe foi possível conjeturar a respeito de seus misteriosos malfeitos por muito tempo. Vira alguma coisa impossível. Alguma coisa que, aparentemente, ninguém mais vira.

Fez o jantar. Tentou continuar montando a lista de motivos para ter levado um fora.

Agora, na manhã seguinte, parte para sua corrida. Por que não?

Quando pula uma poça na esquina da Knickerbocker com a Thames, os postes de luz se apagam sozinhos. Agora que uma luz bem diferente se mostrou a ele, Barrett se descobre imaginando alguma relação entre seu pulo e o apagar dos postes, como se ele, Barrett, com seu pulo, houvesse ordenado aos postes que se apagassem. Como se um ser solitário, decidido a correr seus cinco quilômetros habituais, pudesse despertar o novo dia.

Existe essa diferença, entre ontem e hoje.

Tyler luta contra o impulso de subir no parapeito da janela do quarto. Não está pensando em suicídio. Porra, de jeito nenhum. E, convenhamos, se estivesse pensando em suicídio, o apartamento fica no segundo andar. No máximo quebraria uma perna, e talvez — talvez — seu crânio beijasse a calçada com força suficiente para provocar uma concussão. Mas o gesto seria patético — a versão perdedora daquela decisão desgostosamente desafiadora, inelutável, de dizer *Já chega* e deixar o palco. Seu desejo não é acabar esparramado na calçada, com uma mera fratura e alguns hematomas, após um salto no vazio que não pode ter mais de seis metros.

Não está pensando em suicídio, está pensando tão somente em entrar na tempestade; em ser mais duramente atingido pelo vento e pela neve.

O problema (um dos problemas) desse apartamento é que só se pode estar dentro dele, olhando pela janela, ou fora, na rua, olhando para a janela. Seria tão formidável, tão brilhante, estar nu ao ar livre; vulnerável às intempéries.

Contenta-se, como é preciso, em debruçar-se o máximo possível, o que produz pouco mais que uma beijoca gelada de vento em seu rosto e uns salpicos de neve em seu cabelo.

D e volta da corrida, Barrett entra no apartamento, inspira seu calor e odor: o vapor de lenha úmida de sauna que os velhos radiadores exalam; o aroma polvoroso dos remédios de Beth; os resquícios do cheiro de verniz e tinta que se recusam a sumir, como se essa velha pocilga não conseguisse absorver plenamente uma tentativa de melhoria; como se o fantasma, que é o próprio prédio, não possa e não vá acreditar que suas paredes não estejam ainda nuas, com o reboco manchado de fumaça, seus cômodos não mais habitados por mulheres de saias compridas suando encostadas ao fogão enquanto os maridos operários de fábrica se sentam praguejando à mesa da cozinha. Esses odores recentes de melhorias domésticas, essa mistura de tinta e consultório médico, não fazem mais que flutuar acima de um fedor entranhado de banha e suor, de sovaco e uísque e podridão úmida.

O calor do apartamento provoca uma espécie de torpor pinicante na pele de Barrett. Em suas corridas matinais, ele se une ao frio, habita-o como um nadador de longas distâncias habita a água, e só quando se vê novamente entre quatro paredes entende que, na verdade, está semicongelado. Não é um cometa, afinal, e, sim, um homem, inapelavelmente um homem, e, por conta disso, precisa ser puxado de volta para dentro — para o apartamento, o barco, a nave espacial — antes que pereça devido às belezas aniquiladoras, aos frígidos e sufocantes lugares silenciosos, ao vórtice da escuridão que sempre adorou reivindicar como seu verdadeiro lar.

Uma luz lhe apareceu. E novamente sumiu, como uma lembrança indesejável de sua infância religiosa. Barrett é, desde os quinze anos, teimosamente laico, como só um ex-católico é capaz de ser. Libertou-se, décadas atrás, da tolice e do preconceito, do sangue sagrado que chegava em caixas de papelão pelo Correio, da animação derrotada e indigesta dos padres.

Viu uma luz, porém. A luz o viu.

O que fazer a respeito?

No momento, é hora do banho matinal.

No corredor, a caminho do banheiro, Barrett passa pela porta do quarto de Tyler e Beth, que foi escancarada durante a noite, como acontece com todas as portas e gavetas e armários nesse apartamento empenado. Barrett para, não fala. Tyler está debruçado na janela, nu, de costas para a porta aberta, sendo coberto de neve.

Barrett sempre foi fascinado pelo corpo do irmão. Ele e Tyler não são especialmente parecidos, como se dá com irmãos. Barrett é um sujeito maior, não gordo (ainda), mas ursino, de expressão decidida e pelagem ruiva, dono (como lhe apraz pensar) de uma sedutora malícia sensual, o príncipe transformado em lobo ou leão, uma fera dócil à espera, com ávidos olhos amarelos, do primeiro beijo do amor. Tyler é esbelto, tensamente musculoso, capaz de parecer, mesmo em repouso, um acrobata prestes a pular de uma plataforma. O corpo de Tyler é, de alguma forma, esbelto, porém decorativo, o corpo de um ginasta; por algum motivo, faz brotar na mente de quem o vê a palavra "lépido". Tyler é irreverente em seu corpo. Ele transpira a traquinice de um artista circense.

Ele e Barrett raramente são identificados como irmãos. Ainda assim, alguma inescrutável intenção genética fica aparente em ambos. Barrett sabe disso com certeza, embora não consiga explicar. Os dois são parecidos de formas só conhecidas por eles mesmos. Possuem um certo conhecimento visceral um do outro. Jamais são misteriosos entre si, mesmo quando o são com todas as outras pessoas. Não que não briguem ou discutam; apenas nada do que um faça ou diga parece realmente desconcertar o outro. Tem-se a impressão de que concordaram, há muito, sem sequer falar no assunto, em manter secretas suas afinidades quando estão acompanhados; implicarem um com o outro em jantares, chamar a atenção, descuidadamente se insultarem e se desmerecerem; em se comportar, em público, como irmãos e guardar para si seu romance casto e ardente, como se constituíssem uma seita de dois membros, passando-se por cidadãos comuns, esperando o momento certo para agir.

Tyler se vira para a porta. Pode jurar ter sentido um par de olhos fixos em seu pescoço e, embora não haja ninguém à vista, sente uma essência, uma forma dissolvida da qual o ar junto à porta ainda não se esqueceu por completo.

E, então, ouve a água correr na banheira. Barrett voltou da corrida.

Por que será que a presença de Barrett, sempre que ele volta de algum lugar, ainda parece um acontecimento para Tyler? O retorno do pródigo, todas as vezes. Afinal, é apenas Barrett, o seu caçula, um garoto gordo abraçado à própria lancheira infantil, chorando quando o ônibus se afastava; o palhaço adolescente que, sabe-se lá como, escapou do destino que costuma estar automaticamente traçado para os sardentos e rotundos; Barrett, que reinava na lanchonete do ginásio, o bardo de Harrisburg,

Pensilvânia; Barrett, com quem Tyler travou inúmeras batalhas na infância envolvendo posição e posse, disputou as atenções régias e inconstantes da mãe; Barrett, cuja identidade humana lhe é mais familiar do que a de qualquer outra pessoa, inclusive a de Beth; Barrett, cuja mente aberta e excêntrica levou a Yale e que, desde então, pacientemente vem explicando a Tyler, e apenas a Tyler, a lógica irrefutável de seus vários planos: os anos de pós-graduação em guiar automóvel por todo o país (cruzando vinte e sete fronteiras estaduais), pegando e largando empregos (cozinheiro de lanchonete, recepcionista de motel, aprendiz de construção civil) porque sua mente se encheu demais enquanto as mãos continuaram ineptas; depois os relacionamentos amorosos (porque como era fascinado demais por romance, determinado demais a ser um Byron contemporâneo, chegara a hora de fazer um curso sobre os fundamentos básicos e brutais do amor); a entrada no programa de Ph.D (*foi bom para mim, foi mesmo, saber por experiência própria que curtir a Louca Noite Americana costuma implicar ficar sentado em um Burger King em Seattle por ser esse o único lugar aberto depois da meia-noite*) e a posterior saída (*só porque eu me enganei a respeito da vida na estrada não significa que eu tenha me enganado sobre não querer passar a vida discutindo o uso de parênteses por James Joyce*); o projeto fracassado da Internet em conjunto com o namorado, gênio da computação; o ainda bem-sucedido café em Fort Green abandonado por Barrett juntamente com o namorado posterior, depois que o sujeito investiu contra ele com um trinchante et cetera...

Todas elas pareceram, cada uma a seu tempo, boas ideias ou (conforme preferia Tyler) ideias fantasticamente estranhas, o tipo de falta de lógica que um punhado de cidadãos inspirados segue à perfeição.

Nenhuma, porém, parece ter levado a algum lugar específico.

E agora Barrett, o torturado Cândido da família, Barrett, aparentemente destinado de forma tão clara às vertiginosas alturas do genuíno desastre, cometera o mais prosaico dos atos humanos — perdera seu apartamento e, sem dispor sequer de longe do dinheiro necessário para alugar outro, mudara-se para a casa do irmão mais velho. Barrett havia feito o que menos se esperava dele — tornara-se mais um dos nova-iorquinos que mal sobrevivem, um sujeito cuja modesta acomodação no charmoso West Village dava conta do recado desde que o prédio não se tornasse um condomínio.

Não importa. Trata-se de Barrett, e Tyler continua maravilhado com ele de um jeito discreto, porém constante.

O Barrett atual, aquele que está enchendo a banheira lá no final do corredor, é o mesmo Barrett que durante tanto tempo pareceu ser o filho mágico até começar a dar a impressão de que esse filho mágico teria sido o terceiro não nascido. Os Meeks de Harrisburg, tudo indica, haviam encerrado a prole um filho antes do fim. Produziram Tyler, com sua concentração obstinada e flexibilidade atlética, além do talento natural para a música (quem sabe, no começo, exatamente *quão* talentoso é preciso ser?), e depois Barrett, que chegou com seu leque de habilidades lânguidas (é capaz de recitar mais de uma centena de poemas; sabe o suficiente de filosofia ocidental para fazer uma série de palestras, caso o convidem para tanto; aprendeu a falar francês quase fluentemente numa estadia de dois meses em Paris), porém sem capacidade para escolher e persistir na escolha.

Barrett está, no momento, prestes a tomar um banho.

Tyler vai esperar até a água parar de correr. Mesmo com Barrett, há formalidades a cumprir. Tyler pode permanecer no cômodo desde que o irmão esteja na banheira, mas não consegue, por algum motivo real, embora inexplicável, vê-lo entrar na água.

Tyler torna a tirar da gaveta da cômoda o vidrinho, arruma duas carreiras, se empoleira na beirada do colchão para inspirá-las. Não há nada, nadinha mesmo, melhor que as matutinas (embora esta seja a última manhã, a manhã de despedida para ele); as que despertam você para a beleza, que botam para correr a indolência, que vaporizam os devaneios, o resíduo dos sonhos; que nos arrancam da letargia, dos domínios sombrios por onde vagamos pensando em voltar a dormir e em como seria bom e tranquilo simplesmente continuar dormindo.

A água para de correr. Barrett deve ter entrado na banheira.

Tyler torna a vestir a cueca de ontem (preta, com microcaveirinhas brancas pintadas), atravessa o corredor, abre a porta do banheiro. O banheiro é, a seu jeito, o cômodo menos perturbador do apartamento, já que é o único que não foi alterado, alterado e alterado ao longo dos mais de cem últimos anos. Os outros são assombrados por inúmeras tentativas de apagar um ou outro passado com tinta ou revestimento falso de madeira, com um teto acústico (a pior coisa do apartamento: quadrados brancos bexiguentos feitos sabe-se lá de quê — Tyler os vê como blocos de sofrimento congelado), com um carpete que cobre o linóleo que cobre o assoalho de pinho maltratado. Só o banheiro é essencialmente o que foi, com azulejos hexagonais encardidos e uma pia de pé e um vaso que ainda ostenta uma corrente presa a uma caixa d'água para dar descarga. O banheiro é uma câmara de velhice intocada, o único local onde é possível escapar das melhorias a preço de banana realizadas por inquilinos na esperança de alegrar um pouco o cenário, imaginando que o papel autocolante de hibiscos que forra a bancada da cozinha ou a palavra "suerte" bisonhamente gravada numa viga os faria sentir-se mais em casa, tanto nesse apartamento quanto no mundo em geral, inquilinos estes que, sem exceção, ou seguiram em frente a essa altura, ou já morreram.

Barrett está na banheira. Não há como negar sua capacidade de ostentar uma certa imponência cômica; um orgulho de ser quem é, que o acompanha aonde quer que vá; algo régio, algo que só pode ser congênito, jamais afetado ou fingido. Barrett não está deitado na banheira, mas sentado com as costas eretas, a expressão vazia, como um passageiro habitual num trem.

Ele pergunta a Tyler:

— O que você está fazendo acordado?

Tyler pega um cigarro do maço que guarda no armarinho de remédios. Não fuma em lugar algum, exceto no banheiro, por causa de Beth.

— Deixamos a janela aberta ontem à noite. Nosso quarto ficou cheio de neve.

Bate no maço, com violência, antes de extrair um cigarro. Não tem muita certeza do motivo por que as pessoas fazem isso (para concentrar o tabaco?), mas lhe agrada fazer, gosta daquele *pac* confiante e punitivo que é parte do ritual de acender um cigarro.

Barrett prossegue:

— Sonhos?

Tyler acende o cigarro. Vai até a janela e abre uma fresta, soprando a fumaça para fora. O gesto é revidado por uma corrente de ar gélido que penetra no banheiro.

— Uma felicidade como o vento — responde ao irmão. — Nada específico. O tempo como felicidade, mas uma felicidade arenosa, entrando sem convite, talvez numa cidade da América Latina. E você?

— Uma estátua de pau duro — diz Barrett. — Um cachorro vira-lata. Acho que só.

Os dois fazem uma pausa, como se fossem cientistas tomando notas.

Barrett indaga:

— Já ouviu o noticiário?

— Não, estou com um certo medo de ouvir.

— Ele continuava na frente nas pesquisas às seis da manhã.

— Não vai ganhar — diz Tyler. — Quer dizer, *não havia porra nenhuma de arma de destruição em massa.* Zero. Nadica.

A atenção de Barrett é brevemente desviada para uma busca, entre os frascos de xampu, por aquele que ainda contém xampu. Tudo bem. Tyler sabe que é capaz de embarcar ensandecido nesse tema, transformar-se num monomaníaco; pode ser cansativo quanto à própria convicção de que basta os outros *verem*, basta *entenderem*...

Não havia armas de destruição em massa. E jogamos bombas neles, mesmo assim.

E, a propósito, ele destruiu a economia. Ele dilapidou algo em torno de um trilhão de dólares.

Parece impossível para Tyler que isso possa não fazer diferença. É de enlouquecer. E agora que não está mais olhando para seu reino de neve particular, agora que a cocaína o tirou daquele estado lânguido do, despertar prematuro, não só se encontra alerta como um falcão, como também vulnerável, mais uma vez, ao efeito da impaciência e do temor.

Sopra outro bafo de fumaça no frio que teima em entrar e o vê evaporar-se na neve que cai.

Barrett diz:

— O que realmente me preocupa é o corte de cabelo de Kerry.

Tyler fecha os olhos, franzindo a testa, como faria ante o início de uma dor de cabeça. Não quer ser, não será, alguém que não tolera uma piada, o tio que precisa ser convidado para comemorar uma data mesmo quando todos sabemos que ele não vai parar de falar sobre... seja qual for a injustiça ou a traição ou o malfeito histórico que enverga como um terno de ferro, soldado em seu corpo.

— O que me preocupa — diz a Barrett — é Ohio.

— Acho que vai dar tudo certo — responde Barrett. — tenho uma sensação. Ou, okay, tenho esperança.

Ele tem esperança. Esperança, a esta altura, é um velho chapéu de arlequim, de xadrez desbotado com um guizo na ponta. Quem ainda tem energia para isso agora? Mas quem tem coragem suficiente para tirá-lo e largá-lo amassado na calçada? Não Tyler.

— Eu também — emenda. — Tenho esperança e crença e até mesmo uma partícula ou duas de fé genuína.

— Como você vai indo com a canção de Beth?

— Estou meio empacado — responde Tyler. — Mas acho que fiz algum progresso ontem à noite.

— Ótimo. Isso é ótimo.

— Dar a ela uma canção parece meio... meio pouco, você não acha?

— Claro que não. Quer dizer, que tipo de presente de casamento você acha que significaria mais para ela? Um BlackBerry?

— É tão impossível.

— Compor canções é difícil. Bem, basicamente tudo é difícil, certo?

— Suponho — concorda Tyler.

Barrett assente. Os dois fazem um instante de silêncio tão velho quanto suas memórias, a serenidade de crescerem juntos, de dormirem no mesmo quarto; o silêncio partilhado que sempre foi o genuíno habitat de ambos, interrompido, claro, por conversas e brigas e peidos e gargalhadas por causa dos peidos, mas essencial, a atmosfera à qual sempre retornam, um campo de oxigênio sem som feito da soma das moléculas dos dois.

Tyler diz:

— Mamãe foi atingida por um raio num campo de golfe.

— Ah, estou a par, sabia?

— Betty Ferguson disse no velório que ela estava três tacadas abaixo do par naquele dia.

— Sei disso também.

— O Garotão foi atropelado pelo mesmo carro duas vezes. Em dois anos seguidos. E não morreu em nenhuma das duas. Depois se entalou com uma barra de chocolate no Halloween.

— Tyler, faz favor.

— Então, ganhamos outro beagle e batizamos de Garotão II, e ele foi esmagado pelo filho da mulher que tinha atropelado o Garotão I duas vezes. Era a primeira vez que o filho da mulher dirigia sozinho, no dia em que fez dezesseis anos.

— Por que você está falando tudo isso?

— Só estou listando as impossibilidades que aconteceram apesar de tudo — responde Tyler.

— Tipo Bush não vai ser reeleito?

Tyler não diz "E Beth vai continuar viva". Ele não diz "A quimioterapia está funcionando".

Ele diz:

— Só quero que a porra dessa canção seja boa.

— Vai ser.

— Você fala igual à mamãe.

Barrett diz:

— Eu *sou* igual à mamãe. E quer saber? Na verdade não vai fazer diferença se a canção não for boa. Não para Beth.

— Vai fazer diferença para mim.

A solidariedade de Barrett transparece em seus olhos, que escurecem ao fitar Tyler, do jeito como acontece com o pai de ambos. Embora o pai não seja um pai especialmente talentoso, esse é um de seus talentos. Ele tem a habilidade, quando necessário, de encenar essa pequena mudança no olhar, aprofundá-lo e dilatá-lo, como se dissesse aos filhos: *Vocês não precisam ser mais do que são neste exato momento.*

Deviam telefonar para ele. Faz o quê? Mais de uma semana, talvez duas.

Por que o pai foi se casar com Marva tão pouco tempo depois da morte da mamãe? Por que eles se mudaram para Atlanta? O que será que *fazem* por lá?

Quem *é* esse sujeito, de onde saiu essa persona, como pode sentir amor por Marva? Marva é legal, engraçada do seu jeito grosseiro, vamos-chocar-os-meninos, e a gente acaba aprendendo a não ficar olhando a cicatriz dela... Mas como o pai deles pôde deixar de ser o solícito penitente da mãe? O acordo sempre foi tão claro! Ela era o tesouro permanentemente em perigo (um raio a encontrou), estava estampado em seu rosto (a delicadeza branco-azulada de suas feições eslavas, que mais pareciam esculpidas à mão, o brilho de porcelana). O pai era o motorista autonomeado, o cara que monitorava seus cochilos, que ficava em pânico quando a mulher se atrasava meia hora; o garoto de meia-idade que se sentava sob a janela da esposa na chuva até pegar pneumonia e morrer.

E agora essa pessoa. Esse homem que usa shorts floridos de grife. Esse cara que sai em disparada por Atlanta com Marva num Chrysler Imperial conversível, soprando fumaça de cigarrilha na direção de quaisquer constelações que povoem o céu da Geórgia.

Provavelmente é mais fácil para ele ser esse sujeito. Tyler não o culpa, jamais o culpará.

E, com efeito, o pai havia sido liberado dos deveres paternos anos e anos antes, não é mesmo? Isso pode ter acontecido desde aquelas sessões de bebedeira com Barrett, ao longo dos dias posteriores ao velório da mãe.

Na época os irmãos tinham dezessete e vinte e dois anos. Ficaram vagando pela casa como dois cachorros perdidos durante alguns dias, de cueca e meias, emborcando o estoque alcoólico (o uísque escocês e a vodca levaram ao gim, que levou à tequila barata, que acabou levando afinal a uma garrafa já meio vazia de Tia Maria e dois dedinhos de Drambuie que provavelmente tinham mais de vinte anos de idade).

Ficaram à toa durante dias na sala de estar de repente alçada à fama, cercados por todas as coisas triviais que de forma tão abrupta se tornaram as coisas *dela*. Tyler e Barrett, assustados e atônitos, se embebedando vestidos só de cueca e meias; foi naquela noite (talvez naquela noite) que os dois dobraram uma esquina especial...

Você por acaso pensa?

No quê?

Os dois estavam deitados juntos no sofá que sempre morou ali, o sofá mulambento cor de trigo que no momento administrava, da melhor maneira possível, sua promoção de refugo esfarrapado para artefato sagrado.

Você sabe.

E se eu não souber?

Sabe sim, porra.

Okay, certo. Sim. Eu também fico pensando se o papai se preocupava tanto com as coisas mais insignificantes...

Que acabou chamando a tragédia.

Obrigado. Eu não consegui falar.

Que algum deus ou deusa o ouviu pela milionésima vez entrar em pânico com a possibilidade de ela ter sido sequestrada no shopping ou, sei lá, estar com câncer no cabelo...

E eles mandaram uma coisa que nem ele conseguiria imaginar para se preocupar.

Não é verdade.

Sei disso.

Mas nós dois estamos pensando o mesmo.

Talvez tenham selado então seu compromisso. Pode ter sido aí que os dois fizeram seus votos. Não somos mais irmãos, somos companheiros, sobreviventes de uma nave espacial, uma tripulação de dois vasculhando os cantos e cavernas de um planeta que pode não ter nenhum outro habitante além de nós. Não temos mais necessidade, nem desejo, de um pai.

Ainda assim, precisavam ligar para ele. Já faz tempo demais.

— Eu sei — concorda Barrett. — Sei que fará diferença para você. Mas acho que você deve se lembrar de que para ela não. Não nesse sentido.

Barrett, de peito empinado, nu na água acinzentada, detém nesse momento, sobretudo, seu lustro rosado, imponentemente mortificado.

— Vou fazer um café — diz Tyler.

Barrett fica de pé na banheira, a água escorrendo do corpo, um híbrido de virilidade robusta e gordura infantil.

Uma peculiaridade: Tyler não se perturba com a visão de Barrett emergindo da água do banho. Por razões misteriosas, apenas a imersão de Barrett é difícil para Tyler testemunhar.

Poderia ter a ver com risco e resgate? Aff!

Outra peculiaridade: conhecer os nossos motivos mais profundos, as fontes dos nossos pecadilhos e paranoias, não necessariamente faz grande diferença.

— Estou indo para a loja — anuncia Barrett.

— Agora?

— Sinto como se estivesse sozinho lá.

— Mas não é que você não tenha seu próprio quarto. Quer dizer, estou sufocando você?

— Cale a boca, está bem?

Tyler joga para Barrett uma toalha da pilha.

— Parece legal a canção falar de neve — diz Barrett.

— Parecia legal quando comecei.

— Eu sei como é. Tudo parece legal quando a gente começa, parece incrivelmente promissor e formidável... Não estou tentando ser *profundo* ou coisa do gênero.

Tyler se detém um derradeiro instante para sentir plenamente o clima. Mais uma vez, os dois fazem aquela coisa do olhar, um para o outro. É simples, sem qualquer dramaticidade, não há nada lacrimoso ou desconcertante, nada de mais forte acontecendo, mas há uma troca. Cumplicidade, talvez, embora seja mais que isso. É cumplicidade e é a invocação mútua do irmão fantasma, o terceiro que não deu conta de nascer e assim, sendo espectral — menos que espectral, posto que *inexiste* —, é o veículo de ambos, a entidade gemelar, o guia endiabrado: o menino (ele jamais irá além do sagrado querubim de rosto corado) que é a combinação dos dois.

Barrett se enxuga. A água do banho, agora que ele saiu da banheira, passou da sua inicial cristalinidade fervente para uma opacidade tépida, como sempre acontece. Por que será? Serão resíduos do sabonete ou resíduos de Barrett — a camada mais superficial de fuligem urbana e epiderme morta e (não dá para evitar pensar nisso) algum volume da sua essência, seus pequenos desejos e vaidades, sua autoadmiração, seu invólucro de sofrimento, que o sabonete lavou e deixou para trás, escoando em rodopios ralo a baixo?

Ele encara mais um pouco a água do banho. É a água de hábito, em nada diferente na manhã após a noite em que ele viu algo que realmente não pode ter visto.

Por que, exatamente, Tyler haveria de achar que esta seria uma boa manhã para voltar à história da mãe de ambos?

Um instantâneo no tempo: a mãe reclinada no sofá (que está ali agora, bem na sala do apartamento de Bushwick), fumando, euforicamente confusa depois de alguns *old-fashioneds* (Barrett gosta mais da mãe quando ela bebe — isso enfatiza seu ar de derrota extravagante e tarimbada; a despreocupação sarcástica, leve, que lhe falta quando está sóbria, quando se vê obrigada por uma clareza demasiada a recordar que uma vida de decepção régia, embora dolorosa, também é chekoviana; solene e um bocado grandiosa). Barrett tem nove anos. A mãe o observa com o olhar que o álcool iluminou, sorri confiante como se tivesse um leopardo de estimação estirado a seus pés e diz:

— Você vai ter de tomar cuidado com seu irmão mais velho, viu?

Barrett aguarda, mudo, sentado na beirada do sofá, junto à curva dos joelhos da mãe, o significado da frase. A mãe dá uma tragada no cigarro, toma um gole do drinque e dá mais uma tragada.

— Porque, meu doce — diz ela —, vamos encarar. Vamos ser francos, podemos ser francos?

Barrett assente. Qualquer outra coisa além de uma franqueza total entre um filho de nove anos e sua mãe não seria uma aberração?

Ela diz:

— Seu irmão é um menino lindo. Um menino muito, muito, lindo.

— Hã, hã.

— E você — uma tragada, um gole — é outra coisa.

Barrett pisca, os olhos úmidos com um temor incipiente. Está prestes a ouvir que é subserviente a Tyler; que é o boiola gorducho, o alvo de piadas, enquanto o irmão mais velho é capaz de matar um javali com uma única flecha, partir uma árvore ao meio com um mero afago do machado.

Ela diz:

— Você recebeu um dom mágico. Não faço ideia de onde ele veio. Mas eu me dei conta. Me dei conta na mesma hora. Quando você nasceu.

Barrett continua piscando para afastar as lágrimas que está decidido a não deixar que ela veja, embora se pergunte, com uma urgência crescente, do que, exatamente, ela está falando.

— Tyler é popular — prossegue a mãe. — Tyler é bonito. Tyler pode lançar uma bola... bom, pode lançar bem longe e na direção que se espera que as bolas sejam lançadas.

— Eu sei — concorda Barrett.

Que estranha impaciência aflora agora ao rosto da mãe? Por que ela o olha como se ele fosse um puxa-saco ansioso, desesperado para agradar alguma tia caduca, fingindo surpresa ante cada guinada de uma história que ele conhece de cor, ano após ano?

— Aqueles que os deuses destruiriam... — continua a mãe, soprando fumaça na direção dos cristais do modesto lustre em formato de domo, preso como uma tiara de cabeça para baixo ao teto da sala de estar. Barrett não sabe ao certo se a mãe não pode ou não quer terminar a frase.

— Tyler é um cara legal — diz Barrett, sem qualquer motivo identificável, além do fato de que lhe parece necessário dizer alguma coisa.

A mãe fala para o alto, para o lustre:

— Precisamente o que eu acho.

Tudo isso vai começar a fazer sentido. Com certeza, muito em breve. Os cristais quadrados do lustre, perturbados pelo ventilador, cada um deles do tamanho de um torrão de açúcar, emitem seus modestos espasmos de luz em prisma.

A mãe diz:

— Talvez você precise ajudá-lo um pouco. Mais tarde. Não agora. Agora ele está bem. Ele se acha o rei do mundo.

Rei do mundo. Uma virtude?

Ela diz:

— Eu só quero que você, bem... Que você se lembre desta conversa que estamos tendo. Daqui a anos. Lembre-se de que seu irmão talvez precise da sua ajuda. Ele pode precisar de um tipo de ajuda que você sequer é capaz de imaginar aos dez anos.

— Tenho nove — recorda-lhe Barrett.

Quase trinta anos depois, tendo chegado ao futuro a que se referia a mãe, Barrett tira a tampa do ralo da banheira. Ouve o som familiar da água sendo sugada. É uma manhã como qualquer outra, salvo que...

A visão é o primeiro acontecimento relevante em muitos e muitos anos que ele não mencionou a Tyler, que continua a não mencionar a Tyler. Barrett jamais, desde a infância, ficou sozinho com um segredo.

Jamais, é claro, guardou um segredo sequer parecido com esse.

Vai contar a Tyler, vai, sim, mas não agora, não ainda. Barrett não está preparado para o ceticismo de Tyler ou seu esforço heroico para acreditar. Não está de fato e realmente preparado para ver Tyler se preocupar com ele. Não pode se permitir ser um outro motivo de aflição, não enquanto Beth não melhora nem piora.

Uma coisa terrível: Barrett às vezes constata que deseja que Beth se recupere ou então morra.

A espera infinda, a incerteza (contagem de células brancas mais alta na semana anterior, boa notícia, mas os tumores no fígado nem cresceram nem diminuíram, o que não é tão bom), pode ser pior que o sofrimento.

Uma surpresa: não há ninguém dirigindo o ônibus. Agora são cinco médicos diferentes, nenhum deles efetivamente na liderança, e às vezes suas histórias não combinam. Eles se esforçam, não são médicos ruins (exceto Steve Bicho-Papão, o sujeito da químio), não são negligentes, tentam isso e aquilo, mas Barrett (e Tyler, e provavelmente Beth, embora ela jamais fale a respeito) havia imaginado um guerreiro, alguém gentil e venerável, alguém que tivesse *certezas*. Barrett não esperara esse esquadrão desorganizado — todos preocupantemente jovens, menos Big Betty — que conhece a linguagem da cura, que recita termos de sete sílabas (costumando esquecer, ou não se dar conta, do fato de que as palavras são incompreensíveis para qualquer um que não seja médico), que sabe operar as máquinas, mas que, pura e simplesmente, não sabe o que vai funcionar ou o que vai acontecer.

Barrett pode guardar esse segredo sobre a luz celestial durante algum tempo. Não se trata de um anúncio que Tyler precise ouvir.

Barrett, naturalmente, entrou no Google para procurar quaisquer possíveis doenças (descolamento de retina, tumor cerebral, epilepsia, surto psicótico) cujo presságio seja uma visão de luz. Nada se encaixa perfeitamente.

Embora tenha visto algo extraordinário e espere que não se trate do prenúncio de uma doença mortal que acaso tenha deixado de ver na Internet, Barrett não foi instruído, não foi transformado, não houve mensagem nem comando. Ele continua a ser exatamente quem era na noite anterior.

Ainda assim, brota a pergunta: Quem ele era na noite anterior? Terá sido, na verdade, alterado de alguma forma sutil ou simplesmente se tornou mais consciente dos detalhes da própria situação corrente? Difícil responder.

Uma resposta talvez explicasse como e por que Barrett e Tyler viveram tão aleatoriamente (eles, os garotos Medalha de Honra — isto é, Barrett; Tyler era um vice-campeão —, presidentes de clube, Tyler coroado rei da porra do baile de formatura); por que casualmente conheceram Liz quando ele e Tyler foram, formando um par, ao que entrou para a lembrança como a Pior Festa da História; por que os três escaparam da festa e passaram a meia-noite juntos em um pub irlandês; por que Liz acabou lhes apresentando Beth, recém-chegada de Chicago; Beth, que de forma alguma se parecia com qualquer das namoradas anteriores de Tyler e por quem ele se apaixonou imediatamente de modo a lembrar um animal cativo, alimentado durante anos com o que seus guardiões acreditavam ser sua dieta natural até o dia em que, repentinamente e por mero acidente, lhe deram o que comia na selva?

Nada disso jamais soou predeterminado. Foi sequencial, mas não exatamente ordenado. Tudo se deve a ir a uma festa e não a outra, a encontrar casualmente alguém que conhece alguém que, no final da noite, transa com a gente na soleira de uma porta na Tenth Avenue ou nos beija pela primeira vez ou diz alguma coisa chocantemente gentil sem qualquer motivo e depois se vai para sempre, prometendo telefonar, ou, de uma forma igualmente acidental, por acaso encontrar alguém que há de mudar tudo, para sempre.

E agora estamos numa terça-feira em novembro. Barrett deu sua corrida matinal, tomou seu banho matutino. Vai trabalhar. O que há para fazer senão o que sempre faz? Vai vender as mercadorias (o movimento estará a meia-bomba hoje, por causa do clima). Continuará com seu regime de exercícios e a dieta sem carboidratos que não farão qualquer diferença para Andrew, mas que talvez ajudem Barrett a se sentir mais ágil e trágico, menos como um texugo apaixonado por um filhote de leão.

Será que vai ver novamente a luz? E se não vir? Talvez envelheça como um contador de histórias que um dia testemunhou algo inexplicável; um fã de OVNIs, do Bicho Papão, um excêntrico que teve a experiência breve e fantástica de ver algo inexplicável e depois seguiu em frente em direção à velhice; que faz parte da sub-história corrente de malucos e caducos, as legiões de criaturas que sabem o que viram, décadas atrás, e se você não acredita, meu jovem, tudo bem, um dia você há de ver, também, algo que não possa explicar e aí, bom, aí acho que você vai entender.

Beth está procurando alguma coisa.

O problema: aparentemente ela não se lembra do que é.

Sabe o seguinte: foi descuidada, guardou no lugar errado... o quê? Algo importante, algo que precisa ser achado, porque... É necessário. Porque hão de responsabilizá-la quando a ausência for notada.

Está procurando na casa, embora não tenha certeza se está (o quê?) aqui. Parece possível. Porque ela já esteve nessa casa antes. Porque a reconhece, ou se lembra dela, do jeito como se lembra das casas da sua infância. A casa se multiplica e se transforma em todas as casas em que ela já morou até entrar na faculdade. Tem o papel de parede listrado de cinza e branco da casa em Evanston, as janelas francesas de Winnetka (será que eram mesmo tão estreitas assim?), a coroa de gesso da segunda casa em Winnetka (ela era envolta em folhas brancas? Havia ali a sugestão de olhos sábios, mas atônitos, espreitando por entre as folhas?).

Eles logo estarão de volta. Alguém logo estará de volta. Alguém bravo. Quanto mais Beth se esforça nessa busca, porém, menos noção ela tem do que perdeu. É pequeno, não? Esférico? É pequeno demais para ser visível? Talvez. Mas isso não afeta a urgência de achá-lo.

Ela é a menina no conto de fadas a quem mandaram transformar neve em ouro até o amanhecer.

Não pode fazer isso, claro que não, mas parece haver neve por todo lado, cai do teto, flocos reluzem nos cantos. Ela se lembra de sonhar com uma busca numa casa, quando o que precisa fazer é transformar neve em ouro, como pôde se esquecer...

Baixa os olhos para os pés. Embora o assoalho esteja coberto de neve, ela vê que está em cima de uma porta, um alçapão, no nível dos tacos, aparente apenas por causa do par das dobradiças de cobre e o minúsculo puxador também de cobre, que não é maior que uma bolinha de chiclete.

A mãe lhe deu uma moeda para comprar chiclete na máquina da loja de conveniência. Ela não sabe como dizer à mãe que um dos chicletes está envenenado, que ninguém deveria enfiar uma moeda nessa máquina, mas a mãe está tão encantada com o encantamento de Beth que ela vai ter de enfiar a moeda mesmo assim, certo?

Há um alçapão a seus pés, na calçada em frente à loja de conveniência. Neva aqui também.

A mãe insiste para que ela enfie a moeda na abertura. Beth consegue ouvir risos vindos de sob a porta.

Uma força aniquiladora, uma esfera giratória de maldade é o que ri debaixo do alçapão. Beth sabe que isso é verdade. Será que a porta está começando, bem devagarinho, a se abrir?

Ela segura a moeda. A mãe diz: "Enfia aí". Ocorre-lhe que a moeda é o que ela achava que procurava. Parece que a encontrou, por acaso.

Tyler está sentado na cozinha, bebericando café. Continua de cueca e vestiu o velho moletom de Yale de Barrett, com um buldogue, que, a essa altura, desbotou de vermelho para um rosa desmaiado, cor de bala. Tyler está sentado à mesa que Beth encontrou na rua, de fórmica cinzenta fosca, lascada num dos cantos, um buraco arestado com a forma do estado de Idaho. Quando essa mesa era nova, esperava-se que cidades abobadadas emergissem do fundo do oceano. Essas pessoas acreditavam viver o prenúncio de uma era sagrada e extática de metal e vidro e de velocidade silenciosa, acolchoada.

O mundo está mais velho agora. Às vezes, pode parecer muito velho mesmo.

George Bush não vai ser reeleito. Não podem reeleger George Bush.

Tyler afasta o pensamento da cabeça. Seria tolice passar essa manhã intensa obcecado. Ele tem uma canção para compor.

Para não acordar Beth, ele deixa o violão no canto. Canta sussurrando, à capela, o verso escrito na noite anterior.

Percorrer à noite as salas geladas
Em teu trono de gelo te encontrar sentada
Sentir a neve em meu coração derreter
Oh, não foi para isso que eu vim
Não, não foi para isso que eu vim

Hummm. Que merda, não?

A questão é que...

A questão é que ele está decidido a compor uma canção matrimonial que não expresse apenas afeto e devoção, mas que também não seja sofisticada ou hermética. Como, exatamente, escrever uma canção para uma noiva moribunda? Como dar conta de amor e mortalidade (mortalidade genuína, não do tipo descartável até-que-a-morte-nos-separe) sem morbidez?

Precisa ser uma canção séria. Ou melhor, não pode ser uma canção frívola.

A melodia há de ajudar. Por favor, que a melodia ajude. Desta vez, porém, a letra terá de vir antes. Quando a letra soar certa (quando soar menos errada), ele tratará da música... algo simples e direto, não infantil, claro, mas dotado de uma sinceridade juvenil, de uma sinceridade de principiante, de uma espontaneidade de principiante. Será preciso usar apenas notas maiores, com tão somente uma menor, bem no final — uma ruptura do centro de gravidade; aquele momento em que a solenidade romântica da letra não mais contraste com a leveza dos acordes e se mescle, fugidia, ao diapasão da própria música, à sua escuridão. A canção deve pender para o espírito de Dylan, da Velvet Underground. Não um Dylan artificial, nem um falso Lou Reed; precisa ser original

(*original*, naturalmente; de preferência *inédita*; de preferência *com um toque de genialidade*), mas ajuda, ajuda um pouquinho, ter em mente uma orientação geral. A rejeição definitiva de todo o sentimentalismo, típica de Dylan, a capacidade de Reed de fundir paixão e ironia.

A melodia deve ter... uma honestidade luminosa, deve ser destituída de ego, nada de *Olha aqui, eu toco violão superbem, entendeu?*, porque a canção é um grito de amor em estado bruto, uma súplica tingida de... raiva? Algo parecido com raiva, mas a raiva de um filósofo, a raiva de um poeta, uma raiva dirigida à efemeridade do mundo, à sua beleza de cortar o coração que constantemente vai de encontro à nossa consciência do fato de que tudo nos é tirado; de que nos mostram maravilhas, mas sempre nos recordam que elas não nos pertencem, são os tesouros dos sultões, temos sorte (espera-se que nos sintamos sortudos) por nos convidarem a ver todas elas.

E tem mais: a canção tem que vir imbuída de... se não de algo banal como esperança, então de uma determinação, se isso for humanamente possível (e a canção precisa insistir que sim), de seguir a noiva em sua jornada até o além, de permanecer a seu lado. Tem de ser uma canção em que o marido e cantor se declare não só companheiro de toda a vida da mulher, mas seu companheiro na morte também, embora ele, impotente, não consultado, vá continuar vivendo.

Boa sorte na empreitada.

Tyler se serve de mais um café, arruma uma derradeira carreirinha, decididamente derradeira, sobre o tampo da mesa. Talvez seja só porque ele não está... não está suficientemente *desperto* para mostrar talento. Talvez um dia, e por que não hoje, ele chegue a emergir da letargia de toda a vida.

Será "medo" melhor que "neve"? *Sentir o medo em meu coração derreter?* Não. De jeito nenhum.

E a repetição no final — é necessária ou vulgar?

Quem sabe devesse tentar uma meia-rima com "coração"? Será meloso demais usar a palavra "coração", afinal?

Ele precisa de uma associação mais livre. Precisa de algo que sugira um homem que deseja que o estilhaço de gelo permaneça em seu peito, que aprendeu a amar a sensação de ser rasgado.

Percorrer à noite as salas geladas
Em teu trono de gelo te encontrar sentada.

Talvez não seja tão ruim como parece agora de manhã tão cedo. É uma possibilidade.

Ainda assim... Se Tyler fosse bom de verdade, se seu destino fosse fazer isso, não se sentiria mais seguro? Não se sentiria... *Guiado*, sei lá?

Não importa que tenha quarenta e três anos e continue tocando num bar.

Não vai tomar juízo. Esse é o canto da sereia da idade avançada. Não pode — e não irá — negar o alarme em seu coração (de novo essa *palavra*). Dá para sentir, como uma subcorrente em seu sangue, essa urgência que é sua. Ninguém jamais lhe perguntou por que ele não usa o diploma em ciência política para compor música, por que ele não detona a herança modesta que a mãe deixou tocando violão em lugares ainda menores. É o seu segredo aberto, o eu dentro do eu, secreto porque ele acredita que exista em seu íntimo um brilho, ou ao menos uma clareza penetrante, que ainda não veio à tona. Ele ainda tateia, hesita e sente mágoa por saber que a maioria das pessoas (não Beth, não Barrett, só o resto todo) o vê como um caso perdido, um cantor de bar de meia-idade (não, na verdade, um bar*tender* de meia-idade a quem o proprietário permite cantar às sextas e aos sábados), enquanto ele sabe (ele sabe) que ainda é promissor, nenhum prodígio, claro, mas a música e a poesia se movem lentamente em suas entranhas, canções importantes pairam acima da sua cabeça e há momentos, momentos de verdade, em que ele tem certeza de poder alcançá-las, de poder quase literalmente puxá-las do ar, e então tenta — nossa, como tenta —, mas aquilo que agarra nunca é o que parece.

Falhar. Tentar de novo. Falhar melhor. Certo?

Ele canta as duas primeiras estrofes de novo, baixinho, para si mesmo. Espera que elas evoluam para... alguma coisa. Alguma coisa mágica que, de um jeito ou de outro, acerte o alvo e... que seja *boa*.

Percorrer à noite as salas geladas
Em teu trono de gelo te encontrar sentada

Ele canta baixinho na cozinha, que cheira levemente a gás, em cujas paredes azul-pastel (devem ter sido, no passado, cor de água-marinha) se veem fotos de Burroughs e Bowie e Dylan, e (de Beth) de Faulkner e Flannery O'Connor. Se ele conseguir escrever uma bela canção para Beth, se conseguir cantá-la para ela no casamento e souber que se trata de um testamento adequado — um presente genuíno, não apenas mais um quase, mais uma bela tentativa, e sim uma canção que emocione, que impressione, delicada mas facetada, resplandecente, resistente como um diamante...

Mais uma tentativa, vamos lá.

Começa novamente a cantar, enquanto Beth sonha no cômodo vizinho. Canta baixinho para o seu amor, sua futura esposa, sua menina moribunda, a menina a quem se destinam essa canção e, provavelmente — com certeza —, todas as canções que virão depois.

Barrett se vestiu. A calça justa (justa demais? Porra — se você se apresenta como uma beldade, as pessoas tendem a acreditar em você) de lã, a camiseta Clash of Clans (desbotada pelo uso até uma translucência perolada), o suéter ostensivamente decadente que, solto e indolente, chega quase aos joelhos.

Aí está ele, de banho tomado, cabelo penteado, vestido para enfrentar o dia. Aí está seu reflexo no espelho do quarto, o cômodo onde ele atualmente reside: de inspiração xintoísta, tem apenas um colchão e uma mesinha. As paredes e o chão são pintados de branco. Esse é o santuário particular de Barrett dentro do museu de quinquilharias que constitui o restante do apartamento de Tyler e Beth.

Ele pega o celular. O de Liz estará desligado, claro, mas vai deixar uma mensagem dizendo que vai abrir a loja hoje.

"Oi, aqui é Liz, deixe seu recado."

Barrett ainda se surpreende, às vezes, com a firmeza rascante da voz dela, quando a ouve desacompanhada da expressão satisfeita, despreocupada (ela é uma dessas mulheres que insiste, com sucesso, na própria beleza — Barrett aprendeu com ela, que está convencida de que um nariz adunco e lábios finos são, têm de ser, acrescidos à lista de feições desejáveis), e do cabelo grisalho desalinhado.

Barrett fala na (para a?) secretária eletrônica:

— Oi, vou chegar cedo, só para ficar de olho. Por isso, se você e Andrew quiserem continuar grudados, não se acanhem, eu abro. Não que vá haver algum cliente num dia como hoje. Tchau.

Andrew. O ser mais ideal do círculo íntimo de Barrett: gracioso e inescrutável como uma figura dos frisos do Parthenon; a experiência singular de Barrett com o deus Andrew é o mais próximo que Barrett já chegou da sensação de uma presença divina no mundo.

Uma miniepifania volteja em sua cabeça como uma mosca persistente. Será que o seu namorado mais recente partiu de forma tão casual por ter sentido a fixação de Barrett em Andrew, fixação esta que Barrett jamais em tempo algum mencionou? Será possível que o sujeito que o dispensou tenha passado a se ver como uma espécie de imitação, como a versão mais viável da beleza displicente, nada-de-mais de Andrew? Andrew que funciona, agora, e ao que tudo indica para sempre, como a prova mais cabal da genialidade de Deus, acoplada à inescrutável propensão divina para esculpir uma porção da argila com um grau de atenção às simetrias e precisões que Ele (Ela?) não emprega com a maioria da população em geral.

Não. Provavelmente não. O cara não era, francamente, um pensador especialmente sutil ou intuitivo, e a devoção de Barrett por Andrew nunca sugeriu uma possibilidade real. Barrett adora Andrew do jeito como alguém adoraria o Apolo de Fídias. Ninguém espera que uma escultura de mármore desça do seu pedestal no museu e lhe tome nos braços. Ninguém larga um amante porque o amante é apaixonado por arte. Certo?

Quem não quer — quem pode dispensar — uma lua diante da qual se maravilhar, uma cidade fabular de vidro e ouro no extremo remoto do oceano? Quem insistiria em dizer que esse amante corpóreo — o cara na nossa cama, o homem que se esquece de jogar fora seus lenços de papel usados, que tomou o que restava de café antes de sair para trabalhar — é a lua ou a cidade?

Se o último ex de Barrett efetivamente o abandonou porque Barrett nutre uma fascinação privada por um rapaz que nunca será seu... Isso pode, de algum modo perverso, ser útil saber. Barrett prefere uma versão em que o amante sumido se revele carente de juízo, ou paranoico, ou mesmo um tantinho insano.

A caminho da rua, Barrett faz uma pausa, novamente, diante da porta aberta do quarto de Tyler e Beth. Beth dorme. Tyler deve estar na cozinha, se embebedando de café. Barrett está feliz, claro — todos estão —, por Tyler ter parado de se drogar.

Barrett para um instante à porta do quarto, observando Beth dormir. Ela é frágil e pálida como uma princesa comatosa, adormecida ao longo de décadas, aguardando que se quebre o encantamento. Parece, curiosamente, menos doente quando dorme; quando sua conversa e suas preocupações e seus maneirismos não se mostram tão aguerridos na luta para sobreviver à falência do corpo.

Será que Barrett recebeu algum sinal sobre Beth? Será que o fato de alguma imensa inteligência não humana ter escolhido lhe aparecer neste específico momento tem algo a ver com Beth mergulhando mais e mais no sono?

Ou terá sido a visão apenas um pequeno nódulo fazendo pressão contra seu córtex cerebral? Como se sentirá ele quando, daqui a um ano mais ou menos, alguém na emergência de um hospital lhe disser que aquele tumor poderia ter sido retirado se ele agisse mais cedo?

Barrett não vai procurar um médico. Se tivesse uma médica (ele a imagina sueca, de sessenta e muitos anos, séria, mas não fanática a respeito de saúde; dada a repreensões leves, meio jocosas, sobre o modesto amálgama de prazeres não exatamente salutares desse paciente), ligaria para ela. Tendo em vista que não possui plano de saúde, ficando sujeito a consultas e exames conduzidos por estudantes de medicina que aprendem praticando, ele não se vê enfrentando as perguntas que um médico desconhecido faria sobre seu histórico de saúde mental. Só lhe é possível imaginar abordar o episódio da luz celestial com alguém que já saiba, com certeza, que ele é basicamente são.

Será que prefere arriscar-se a morrer a passar vergonha? Aparentemente sim.

Em silêncio (ainda está só de meias, os sapatos ficam junto à porta da rua, um estranho costume local, considerando-se a natureza não muito organizada do apartamento), Barrett entra no quarto e se aproxima da cama, ouvindo o murmúrio constante da respiração de Beth.

Pode sentir seu cheiro — do sabonete de lavanda que os três usam, misturado a um aroma que só lhe cabe rotular de *feminino*, uma limpeza madura, de certa forma realçada pelo sono, tudo misturado agora aos pós e ervas dos remédios, a mais estranha combinação de pureza farmacêutica com uma erva amarga da família da camomila que deve ser colhida há séculos em brejos e pântanos. Ao mesmo tempo, paira no ar um cheiro de quarto de doente que para Barrett tem um toque de eletricidade, o elemento cauterizador indescritível e invisível que corre pelos fios embutidos nas paredes de quartos que abrigam doentes terminais.

Ele se inclina, observa atentamente o rosto de Beth, que é bonito, sim, mas, ao mesmo tempo, mais que bonito, mais peculiar. Se a beleza implica um certo aspecto de semelhança banal, Beth não se parece com pessoa alguma, salvo com ela mesma. Os lábios, levemente entreabertos, emitindo o suave assovio da respiração, são carnudos e vincados; o nariz guarda resquícios de uma ancestralidade asiática, com sua humildade achatada, as narinas estreitas; as pálpebras são de uma palidez azulada, os cílios, escuros; o couro cabeludo rosa-pálido pode ser visto agora que a quimioterapia a deixou careca.

Ela é encantadora, mas não uma grande beldade, e seus atributos encantam, mas são de pequena monta. É boa doceira. Tem noção de moda. É inteligente e uma leitora ávida. Trata todo mundo muito bem.

Será possível que a luz, ao optar por aparecer para ele enquanto Beth se apaga, quis sugerir alguma coisa sobre uma vida que prossegue além dos limites da carne?

Ou será que se trata de algum pendor messiânico de Barrett?

Terá sido por isso que levou o fora do amante? Por ser tão vulnerável a Sinais Significativos?

Ele se inclina mais, aproxima o rosto do de Beth a ponto de sentir a respiração em seu queixo. Ela está viva. Neste momento, está viva. Suas pálpebras estremecem por conta de um sonho.

Barrett imagina que esses sonhos sejam serenos e felizes, luminosos mesmo *in extremis*; sem terrores invisíveis à espreita, sem o grito de desespero, sem a presença de gente de aspecto inocente que ao se virar revele orifícios em lugar de olhos ou navalhas em lugar de dentes. Ele torce para estar certo.

Um instante depois, Barrett se empertiga, abruptamente, como se alguém tivesse chamado seu nome. Quase perde o equilíbrio ante o fato de Beth estar sendo levada tão cedo e a ideia de que sua ausência será sentida por um pequeno grupo de pessoas, mas de resto passará despercebida. Não é uma surpresa, mas a percepção o atinge agora com uma força ímpar. É mais trágico, ou será menos, entrar no mundo e dele sair tão serena e brevemente? Ter acrescentado, e alterado, tão pouco?

Um pensamento inconveniente: a principal realização de Beth pode ter sido amar e ser amada por Tyler. Tyler, que vê algo invisível mesmo para os demais que a amam. Beth é amada por todos. Mas Tyler a adora, Tyler tem fascínio por ela. Tyler a considera extraordinária.

Como acontece com Barrett, embora no seu caso seja por causa de Tyler. Tudo bem. Beth terá sido ardentemente amada por um ator principal e um suplente. Terá sido, de certa forma, duplamente casada.

Como exatamente Tyler há de viver depois que Beth se for? Barrett adora Beth, e (pelo que sabe) ela também o adora, mas é Tyler, só Tyler, quem lhe dispensa os cuidados diários. Como ele há de conviver não só com a perda de Beth, mas também com a perda do objeto central em que ela se transformou durante os últimos dois anos? Cuidar de Beth tem sido a carreira de Tyler. Ele toca e compõe paralelamente, sempre que sua presença não é demasiado necessária.

De alguma forma, Barrett não registrara plenamente até agora o seguinte: Tyler está preocupado. Tyler está angustiado, mas também, desde o diagnóstico de Beth, ele anda mais contente do que há muitos anos. Tyler jamais admitiria, nem mesmo para si próprio, mas tomar conta de Beth — confortá-la, alimentá-la, controlar sua medicação, conversar com os médicos — fez dele um sujeito bem-sucedido. Aí está uma coisa que ele é capaz de fazer, e fazer bem, enquanto a música volteja, provocante, ao redor, quase alcançável. E existe, provavelmente, algo terrível, mas tranquilizador, na certeza do fracasso, não? Dificilmente alguém se torna um grande músico. Ninguém pode entrar no corpo de um ente querido e arrancar dele o câncer. No primeiro caso, a gente se culpa. No segundo não temos nada a dizer.

Barrett pousa a mão, suavemente, na testa de Beth, embora não pretendesse fazer isso. Sente como se observasse a mão desempenhar uma ação sem que a comandasse. Beth murmura, mas não acorda.

Barrett faz o possível para transmitir algum tipo de força curativa através da palma de sua mão. Depois sai do quarto de doente, volta para a normalidade confortante do corredor e se dirige à cozinha, onde Tyler está acordado, onde o café foi feito, onde o viço da vida, mesmo em sua forma mais rudimentar, toca uma flauta encantada; onde Tyler, pretendente e amante, com expressão crispada, as pernas finas, porém atléticas, à mostra sob a mesa, faz o que pode para se preparar para seu casamento próximo.

— Essa coisa do casamento é muito estranha — comenta Liz com Andrew.

Os dois estão no telhado do prédio dela, em pé, com a neve caindo ao redor. Subiram ao telhado para sentir o choque do frio, depois de uma noite em que o tempo passou sem se fazer sentir (minha nossa, Andrew, são quatro da manhã; merda, Andrew, como é que de repente são cinco e *meia*, temos de *dormir* um pouco). Ambos estavam chapados demais para transar, mas houve momentos, houve momentos durante a noite, em que Liz teve a impressão de estar explicando quem é; de ser capaz de segurar seu próprio ser nas mãos espalmadas e dizer, aqui estou, aqui está a caixa dourada totalmente aberta, cada gaveta escondida e cada fundo falso revelados; aqui estão minha honra e minha generosidade, minhas feridas e meus medos, os reais e os imaginários; aqui está o que vejo e penso e sinto; minha acuidade e minha esperança e meu jeito de construir uma frase; aqui está a... a essência de mim, a entidade tangível, mas incipiente, que lateja e zumbe dentro da carne, o âmago que simplesmente é, a parte que acha maravilhoso e assustador e estranho ser uma mulher chamada Liz que mora no Brooklyn e é dona de uma loja; o anônimo e não nomeável; aquilo que Deus reconheceria depois que a carne apodrecesse.

Com efeito, quem precisava transar?

Agora, ela começa a se acalmar, a voltar, a se reconectar (ao mesmo tempo com tristeza e gratidão) a seu eu corpóreo, o eu que ainda reluz com a própria luz e calor, mas é manejado por todos os fiozinhos a que está preso — o eu capaz de mesquinharias e irritação, de ceticismo e de ansiedade desnecessária. Ela não está mais pairando no ar, já não estende um manto salpicado de estrelas sobre as florestas noturnas; continua repleta de magia, mas também é uma mulher de pé num telhado com seu namorado bem mais moço, fustigado pela neve que cai, uma habitante do mundo real, alguém que pode dizer *Essa coisa do casamento é muito estranha.*

— Sei lá — diz Andrew. — Você acha mesmo?

Ele é sobrenaturalmente lindo na aurora gelada, luminosamente pálido como um santo de Giotto, com flocos de neve grudados no cabelo ruivo cortado rente. Liz experimenta um arrepiozinho de espanto — esse garoto está interessado nela. Ambos seguirão em frente, ela sabe disso, não têm escolha, visto os vinte e oito anos dele (imagine vinte e oito anos!). Liz Compton em seus cinquenta e dois há de ocupar a vida dele, ainda em formação, durante o tempo que for. Não faz mal, ela não se importa realmente e, além disso, Andrew está aqui agora, o olhar vidrado depois da noite que passaram juntos, enrolado em um dos cobertores dela, uma porcelana sob a luz nascente, dela até não ser mais.

— Ah, bom, eu *entendo*, mas não acho que se casariam se ela não... Se ela estivesse bem. Acho... Na verdade, me pergunto se isso a constrange. É como levar uma criança doente para a Disney.

Cínica demais, Liz. Dura demais. Fique no mundo noturno, fale com esse garoto na linguagem puramente sincera que ele próprio usa.

Ele diz:

— Hum, acho que entendi. Mas acho, sabe, que se eu estivesse realmente doente não me incomodaria. Não me incomodaria se alguém quisesse me declarar seu amor desse jeito.

— Acho que é porque me pergunto o quanto Tyler está fazendo isso por Beth e o quanto faz isso por si mesmo.

Andrew a fita sem entender. Seu olhar afetado pela droga brilha, mas não tem profundidade.

Será que ela está falando demais? Será que durante a orgia verborrágica que durou a noite toda ela o entediou? Acaso o suposto tesouro não passa simplesmente de uma mulher de certa idade que fala sem parar?

Os laços da carne estão de volta. Mais uma vez se apresentam as dúvidas e as pequenas automutilações, incômodas, mas estranhamente confortadoras também, de tão conhecidas que são.

— Talvez — diz ele. — Quer dizer, eu não conheço os dois tão bem assim.

Ele está fechando para balanço. Ela o exauriu. Ainda assim, não se acha preparada para abrir mão dos contornos arestados da noite gloriosa, da convicção de que tudo pode ser entendido.

— Vamos voltar lá para dentro — diz ela. Está perdendo algo precioso, ali em cima sob a neve da aurora. É quase como se o vento estivesse soprando para longe sua amplitude e deixando apenas os seixos do seu ceticismo, seu pequeno rosário de queixas.

— Não, espere um instante — intervém Andrew. — Eu acho...

Ela espera. Ele está matutando. Fica ali, salpicado de neve, investigando quais são seus pensamentos.

Então diz:

— Acho que as pessoas se preocupam demais. Acho que deviam ir em frente e cometer erros. Tipo: devíamos nos casar. Devíamos ter filhos. Mesmo que os nossos motivos não sejam tão nobres e puros. Acho que a gente pode ser nobre e puro a vida toda e acabar... Ora, acabar completamente sozinho.

— Pode ser — responde Liz. — Bem que isso pode ser verdade.

— A merda fica problemática. É assim mesmo.

— Até certo ponto — diz ela. — Ei, você está tremendo?

— Um pouquinho.

— Vamos voltar lá para dentro, então — repete Liz, beijando os lábios frios dele.

N a cozinha, Barrett se serve de meia xícara de café, sua cota matinal. Tyler, recolhido ao mundo de Tyler, assovia uma canção e marca o ritmo suavemente, batendo com a ponta do dedo na mesa.

É raro Barrett precisar pensar no que dizer a Tyler. Barrett segura sua caneca de café, como se esse fosse seu singular objetivo. Inevitavelmente, Tyler leva um instante para voltar da sua dimensão paralela. Na cozinha, de manhã, Barrett sempre é o primeiro a falar.

Tyler diz:

— Você quer mesmo ir para a loja três horas antes do expediente?

Tyler pode falar normalmente, com normalidade suficiente, mas não voltou de todo do seu mundo particular. Embora tenha parado de assoviar, a música ainda está a todo vapor em sua cabeça. Barrett desconfia de que Tyler deve achar, às vezes, sobretudo de manhã, quando está mais animado e esperançoso quanto a sua música, que entabular uma conversa trivial é como gritar para ser ouvido num canteiro de obras.

Barrett não responde. Gostaria de responder. Tem esperança de responder. No momento, porém, luta para se lembrar do que costuma dizer nessas conversas na cozinha — essas aterrissagens cotidianas, fraternais, no dia à frente (boa viagem, peregrino) — e como, exatamente, dizê-lo.

Tem um segredo agora. Está escondendo alguma coisa de Tyler.

Uma surpresa: isso o desconcerta.

Outra surpresa: aparentemente existe uma encenação, uma espécie de representação pertinente ao fato de ser Barrett.

Tyler diz:

— Oi!

O que é engraçado. Os dois, pela primeira vez de que se lembre Barrett, inverteram posições. Barrett, desde a infância, é quem arranca Tyler de seus estados contemplativos.

Barrett acorda.

— Tenho. Vai ser legal ficar sozinho lá. Bom para ler.

Está soando direitinho como ele mesmo, não? Espera que sim. Ao menos Tyler não parece olhá-lo de modo estranho.

— Você pode ler aqui. Pode ficar sozinho aqui.

— Agora *você* é que está parecendo a mamãe.

— Nós dois somos iguais à mamãe — diz Tyler.

— Você acha que isso significa que não podemos ser atingidos por um raio?

— Explique-se.

— Tipo: uma mulher é atingida por um raio em um campo de golfe e então, anos depois, um dos filhos também é atingido por um raio. Isso é plausível?

— As chances são exatamente as mesmas.

— Às vezes me pergunto como você consegue viver com uma noção tão modesta de romantismo — diz Barrett.

— Superstição e romantismo não são a mesma coisa.

— Mas você nunca se pergunta onde a mamãe está?

Tyler olha para o irmão como se tivesse ouvido uma observação grosseira e de mau gosto.

— Claro que sim.

— Você acha que ela simplesmente... Simplesmente se foi?

— Não gosto de pensar nisso.

Uma gota d'água, há muito sendo engordada, cai da torneira, com um diminuto *ping*, dentro de uma frigideira que está de molho. A luminária fluorescente no teto, coberta por Beth com uma echarpe de seda vermelha que filtra a luz e a deixa rósea, emite seu zumbido grave.

— Você nunca se pergunta se os católicos estão certos? — indaga Barrett.

— Não estão. Próxima pergunta.

— Alguém tem que estar certo. Por que não os católicos?

— Você está parecendo meio doido.

A beirada da mesa da cozinha, de alumínio, está amassada num dos cantos, formando um pequeno V, no qual uma migalha de pão se alojou, indiferente.

— Devemos estar abertos a todas as possibilidades, não?

— Eu não compro *essa* aí.

— Eu só tenho andado... Tenho pensado a respeito.

— Você era um católico melhor do que eu — diz Tyler.

— Eu cooperava mais, só isso. E, sabe, nenhum dos padres jamais me molestou.

— Por que, exatamente, mencionar isso?

O cheiro de café enche o ambiente, uma mistura de café fresco e o requentado que caiu no disco de metal que mantém a cafeteira quente. Existe um leve subodor do salmão da noite anterior. O odor básico da cozinha, que mudou com a piora da doença de Beth, embora não totalmente. Quando Beth era mais ativa, predominava o cheiro de massa de pão (sabe-se lá por quê, ele se impunha sobre todos os outros) e açúcar queimado. Esses fantasmas permanecem. Por baixo deles, porém, oriunda das paredes, há uma leve sugestão de costeletas de porco fritas (um cheiro genuinamente fantasmagórico, já que eles nunca fritam costeletas) e um quê de suor masculino.

— Agora que está tudo nos jornais — prossegue Barrett —, eu me pergunto por que ninguém me bolinou, quer dizer, isso me faz sentir como o garoto gordo que fui. Sei que é maluquice.

— Ainda bem que sabe.

— Tem coisas que podem ser maluquice e verdade ao mesmo tempo.

— Isso, como ambos sabemos, é ridículo.

— Provavelmente. Mas, sério, o que exatamente a gente ganha por ser esperto? Por acaso existe alguma vantagem real na política de rechaçar toda e qualquer investida?

— Acho que não vou aguentar essa conversa muito mais tempo. Não a esta hora do dia.

— Certo. Estou saindo para o trabalho.

— Tchau.

— Nos vemos à noite.

— Nos vemos à noite.

— V océ gosta mesmo de problemas? — pergunta Liz a Andrew.

Ela está preparando o café da manhã dele, como uma esposa fazendeira. É um tantinho sexy. Não é antisexy. Ela podia ser uma mulher forte, de traços firmes, mexendo os ovos numa frigideira de ferro, morando numa casa cercada por uma gorjeante vastidão verde; uma mulher demasiado farta, demasiado segura, para temer o vento; mais sagaz que o marido, mais perspicaz, carente talvez do charme loquaz da cara-metade, mas dona de uma certeza profunda, cuja profundidade ele mal consegue imaginar.

Andrew, reclinado numa cadeira da cozinha, de cueca e meias de lã, fuma. Se soubesse o quanto é sexy, o encanto se desfaria. Ou será que sabe? Será que é mais inteligente do que parece?

— Hã? — diz ele.

— O que você disse lá no telhado. Às vezes os problemas fazem parte.

— Ah! Sabe, eu não gosto de lutar, mas não fujo de lutas.

— Humm. Acho que eu quis dizer: você gosta de uma briguinha de vez em quando? Acha estimulante?

Andrew, preste atenção. Estou perguntando se não sou maternal demais, excessivamente boazinha, para prender seu interesse. Você iria preferir uma mulher mais durona, mais rígida, alguém que não ligasse para os seus sentimentos por se considerar um tesouro, alguém que jamais pedisse desculpas?

— Eu me metia num monte de brigas quando era moleque — diz ele.

— Sabe, quando a gente muda pra lá e pra cá...

Lá vão eles de novo.

Ela bota o café da manhã na frente do amante, que solta uma espiral de fumaça pelas narinas e envolve os quadris dela com um braço musculoso.

— A gente tem sempre que ficar se impondo — conclui.

Chegaram lá, pronto. Com Andrew, qualquer conversa acaba levando a reminiscências, embora em geral demore mais que isso. Andrew é o sujeito de vinte e oito anos mais nostálgico do mundo. O passado é seu livro sagrado, sua fonte de sabedoria, e quando surge uma pergunta, uma pergunta ligeiramente difícil, ele consulta o Livro de Quando nos Mudamos para Phoenix ou o Livro de Quando Passei um Ano Inteiro no Hospital ou o Livro de Quando Comecei a Usar Drogas.

Liz pega o cigarro que ele segura entre os dedos e dá uma tragada, apenas em prol da imagem de matrona sexy. Com destreza, joga depois a guimba na pia.

— Coma, menino — diz ela.

— Você não vai comer nada?

— Ainda estou chapada demais.

Não é exatamente verdade. Mas agora, neste momento, descendo à terra, ela prefere ser uma alucinação de ambos. Qualquer demonstração de apetite acabaria com isso.

Ele mastiga, como um cãozinho satisfeito por comer. A neve bate de encontro ao vidro da janela.

Antes que ele prossiga com a Saga das Brigas da Minha Infância, Liz emenda:

— Quando eu era pequena, batia em todo mundo.

— Você está brincando.

— Não. Eu era o terror da terceira série.

— Não consigo imaginar você assim.

Imagine, meu bem.

Ela acaricia o cabelo ruivo cortado rente de Andrew, passa o dedo na carreira de argolas de prata em sua orelha, o que provoca em seu íntimo um pequeno espasmo de ternura e pena. Ela sabe onde ele há de acabar. Sente-se culpada, meio culpada, por saber, mas fazer o quê? Avisá-lo? Dizer a ele que toda essa beleza há de fenecer? Que esse nume-rito bandido-santinho funciona aos vinte e oito anos, mas...

— Uma família nunca devia ser a mais pobre do bairro. É engraçado. Meus pais tinham tanto orgulho da nossa casinha na periferia...

— Certo.

— O que, no final, significou mandar os filhos para a escola boa, porque eles conseguiram comprar uma casa que ficava a poucos metros do bairro bacana.

— E isso é ruim?

— Não. Quer dizer, de repente ganhei professores que não eram bêbados nem psicopatas, mas de repente precisei lidar com todas aquelas crianças que me odiavam porque eu era uma coisinha magrela e maltrapilha. De repente apareci na escola usando um sapato que Dora Mason reconheceu...

— Hã?

— Cheguei na escola com um sapato que uma aluna da minha classe tinha acabado de doar para o bazar da igreja. O que foi uma surpresa para mim. Eu gostava um bocado do sapato, era roxo, com uma fivelinha, parece que estou vendo... De todo jeito, acho que presumi que minha mãe por algum passe de mágica jamais compraria um par de sapatos que pudesse ter sido descartado pela garota mais malvada da terceira série.

— Chato — comenta Andrew.

— Chatíssimo. Dora, lógico, saiu contando a verdade sobre o meu sapato para a sala toda. E eu dei uma surra nela.

— Está brincando...

— Eu pensei: se não posso ser popular, a segunda melhor opção é meter medo. O que, na verdade, funcionou muito bem.

Andrew sorri, mostrando pedacinhos do café da manhã que ficaram presos em seus dentes. Como ele pode não parecer grotesco? Deve ter a ver com a sua inocência, sua falta de percepção, enquanto o destino é moldado à volta, enquanto o futuro chega de um jeito tão sutil que passa despercebido como a correspondência diária.

— Não bata em mim, está bem? — diz ele.

— Não vou bater.

E, crédulo como criança, Andrew volta, avidamente, ao café da manhã.

Ela se abaixa e planta um beijo casto, carinhoso, no topo da cabeça dele. Sente o cheiro do couro cabeludo... o viço, a vitalidade fresca, não perfumada. Há um traço de algum produto, algum gel (de drogaria, uma pomada obscura provavelmente pega na prateleira por ser a mais barata), mas há também aquele subodor, o cheiro que Liz só consegue rotular de *crescimento*, algo tão inconsciente quanto a grama e igualmente comum e destituído de questionamento. O cheiro do cabelo de Andrew, como o cheiro de grama, não se parece com nenhum outro.

Um dia ele há de encontrar alguém mais jovem. Acontece com os homens. Ficará atormentado, não existe um átimo de crueldade nele, o que significa que Liz terá de consolá-lo quando ele a trair, acolchoá-lo, garantir que a sua felicidade significa mais que qualquer outra coisa para ela, o que, claro, será mentira.

E ele abandonará, em pouco tempo, suas ambições já bastante aleatórias de ser ator. Tomará juízo — falta-lhe a coragem incansável, o otimismo delirante. Começará a imaginar uma nova vida para si mesmo.

Vida que será vivida sem Liz.

Com o tempo, ele arrumará um emprego de verdade (*Andrew, já está mais atrasado do que você pensa*). Encontrará a garota, não aquela por conta da qual Liz precisará ajudá-lo a se sentir menos culpado, mas a que virá em seguida a essa (ou depois *dessa*). Gerará o bebê que há de significar, além do milagre de ser uma criaturinha que pisca e murmura criada do nada, que não lhe resta a chance de uma segunda reinvenção. A questão financeira não vai permitir. Esta invenção, menino-homem, é sua, ame essa mulher e esse filho tão fielmente quanto puder, porque não haverá mais nada à sua espera, ao menos não por um bom tempo.

Enquanto isso, Liz, se é que lhe cabe dizer algo a esse respeito (e ela tem algo a dizer a respeito de quase tudo), será uma velha inquebrantável e bastante intimidadora de óculos escuros, cabelo grisalho preso num coque, ainda ganhando dinheiro, todo o dinheiro de que precisar; ainda saindo com garotos como Andrew, desgastada (não há como negar) por amá-los e ainda mais atônita com a convicção efêmera que os leva a se acharem os vencedores no mundo, exatamente como o fazendeiro que descobre, com enorme surpresa, que seu coração vai explodir antes dos setenta anos e que a esposa continuará viva por outros trinta ou mais, serena e majestosa como os trens de carga que emitem seus gemidos de oboé pelos campos desde tempos imemoriais.

Depois que Barrett sai, Tyler canta baixinho na cozinha. Beth há de acordar quando acordar (será que esse sono todo é um sinal de cura, estará seu sistema reorganizando as reservas agredidas ou será que seu corpo está meramente... treinando para morrer?).

Essa lasca de esperança
Essa faca de gelo

Porra de canção.

Por que, pergunta-se Tyler, parece tão perversa e inutilmente difícil? Ele tem talento. Não aspira (não realmente, não profundamente — bem, talvez um pouco, em raros momentos) a ser um gênio. Não precisa ser

Mozart ou Jimi Hendrix. Não é que esteja tentando inventar o arcobotante ou romper a barreira do som.

É uma canção. Tudo que Tyler pretende dela, na verdade, é que seja mais que três minutos e meio de quebra do silêncio.

Ou... Okay, tudo bem. Tudo que Tyler pretende dela é que seja melhor — *um pouquinho melhor*, por favor, só um pouquinho — do que ele é tecnicamente capaz de produzir. A maçã que ele quase consegue alcançar, mas não alcança. Talvez se conseguisse subir no tronco uns centímetros mais, talvez se esticasse o braço só mais um milímetro...

Falta, Tyler acredita, um mito no panteão.

O mito diz respeito a um homem que produz alguma coisa. Digamos que seja um carpinteiro, um bom carpinteiro; bom o bastante. Seu trabalho é sólido e substancial, a madeira bem curtida, as arestas aparadas, as juntas todas aprumadas. Suas cadeiras reconhecem o corpo; suas mesas jamais claudicam.

O carpinteiro, porém, descobre, com o tempo (o tempo é sempre a moral da história, não?), que quer fazer algo melhor que uma mesa totalmente estável ou uma cadeira cômoda e acolhedora. Ele quer fazer algo... maravilhoso, algo miraculoso; uma mesa ou cadeira que faça a diferença (ele próprio não sabe ao certo o que significa isso); uma mesa que não seja tão majestosa a ponto de se desculpar por sua modesta função de suportar peso, uma cadeira que não critique quem se senta nela, mas, ao mesmo tempo, uma mesa e uma cadeira que se destaquem, revolucionem, porque elas... o quê (*O quê?*).

Porque...

... se modificam e aparecem em formas diversas para todos que as usam. (Olha só, é a mesa da fazenda da minha avó! Meu Deus, é a cadeira que o meu filho estava fazendo de presente de aniversário para a minha mulher quando ele teve o acidente; está pronta, como é *possível*?)

Porque...

... a mesa é a reencarnação do pai que perdemos — paciente e poderosa, resistente — e a cadeira — graciosa, honesta, solidária — é a mãe tão esperada, mas que, afinal, jamais chegou.

O carpinteiro não pode, é claro, fazer móveis assim, mas pode imaginá-los, e com o passar do tempo ele vive com crescente desconforto na zona que separa do que é capaz de criar e o que é capaz de imaginar.

A história terminaria... quem sabe como?

Terminaria quando um velho mascate maltrapilho, vendendo quinquilharias que ninguém quer, com quem o carpinteiro foi generoso, lhe concedesse o poder. Mas dessa forma termina mal, não? O desejo dá errado. As pessoas que se sentam na cadeira, que descansam os cotovelos no tampo da mesa, se horrorizam ante as próprias lembranças evocadas ou se enfurecem com essas aparições tão perfeitas de seus pais porque são obrigadas a se lembrar dos pais que na verdade tiveram.

Ou, depois de ter seu desejo realizado, o carpinteiro se descobre imaginando móveis impregnados de uma magia ainda mais poderosa. Será que não poderiam curar doenças, inspirar um amor profundo e duradouro? Ele passa o resto de seus dias procurando o velho mascate, na esperança de um segundo encantamento que torne essas mesas e cadeiras não só confortadoras, mas alteradoras, transfiguradoras...

Existe, ao que parece, alguma lei de mitofísica que exige resultados trágicos em troca de desejos concedidos.

Ou tudo poderia terminar com o carpinteiro desencantado. Não há mascate nessa versão, não há concessão de um desejo. Cada vez mais consciente dos limites do possível, mas privado da velha satisfação, o carpinteiro encontra limites para a sua alegria de lixar e medir, porque uma mesa ou cadeira destituída de qualidades sobrenaturais não irá, não conseguirá mais, satisfazê-lo; porque ele imaginou com vividez excessiva aquilo que é *capaz* de imaginar, mas *incapaz* de gerar. A história terminaria com o carpinteiro amargo e empobrecido, amaldiçoando uma garrafa de vinho vazia.

Ou poderia terminar com o carpinteiro transformado em árvore (por aquele mascate, ou por uma bruxa ou um deus), esperando que um carpinteiro novo, mais jovem, o derrube, perguntando-se se estará presente, se alguma essência de si mesmo estará presente, nas mesas e cadeiras ainda por fazer.

Tyler aparentemente não consegue bolar um final que o satisfaça.

Volta à canção, então. Experimenta-a, mais uma vez, desde o início.

Percorrer à noite as salas geladas
Em teu trono de gelo te encontrar sentada

Na verdade, não é tão ruim assim, é? Ou será melosa, melancolia se passando por um sentimento genuíno? Como saber?

Driblando a culpa, ele liga o rádio. Está na hora de botar outra voz no ambiente.

E ouve a voz sonora de um locutor de notícias, o barítono que passou a soar como verdade revelada.

... se acirrando, o resultado vai ser apertado, tudo se resume a Ohio e Pensilvânia...

Tyler desliga o rádio. Não pode acontecer. Bush não apenas matou multidões e assassinou a economia. Ele é uma pessoa fabricada, o filho limitado do privilégio protestante, reinventado como devoto rancheiro texano. É uma armação, só ganância e espelhos, é a caravana do Doutor Milagreiro chegando à cidade com curas disparatadas. Como é possível que alguém, uma única pessoa, esteja lutando para chegar às urnas (está nevando em Ohio, na Pensilvânia?) pensando "Vamos ter mais quatro anos disto?".

Será que "trono de gelo" não passa de romantismo adolescente? Onde, em que ponto, a paixão se transformou em ingenuidade?

Tyler está pensando na palavra "lasca" quando Beth entra na cozinha. Parece uma sonâmbula vitoriana, de alabastro, em sua camisola branca. Tyler se levanta e vai em sua direção, como se ela acabasse de voltar de uma viagem.

— Oi — diz ele, envolvendo com os braços os ossos frágeis daqueles ombros e carinhosamente encostando sua testa na dela.

Ela murmura satisfeita. Os dois ficam ali abraçados algum tempo. Isso se tornou um ritual matutino. Beth pode ou não estar pensando o que Tyler está pensando, mas parece saber que um período matinal de silêncio sonolento é importante. Jamais diz alguma coisa quando fica nos braços de Tyler depois que acorda; ou sabe ou intui que conversar os levaria para um dia diferente, eles seriam dois amantes conversando, o que acontecerá em breve, mas não é o que esse chamego assim-que-acordam-de-manhã pretende ser; não é o que pretende ser esse interlúdio de repouso partilhado, essa serenidade absoluta, quando os dois podem ainda abraçar e ser abraçados, quando os dois podem ficar juntos sem falar, os dois, vivos, por ora, no silêncio momentâneo.

Barrett caminha pela rua salpicada de neve, deixando esvoaçar meio metro de echarpe de xadrez verde (sua única concessão a cor), que, liberto do abrigo do pesado sobretudo cinza, se enrosca e flutua atrás dele.

Engraçado. Quando ele correu sob a tempestade, uma hora atrás, usando apenas tênis e short, o frio lhe pareceu revigorante, um éter que o transformou, como acontece com um homem que cai de uma embarcação e descobre, atônito, ser capaz de respirar debaixo d'água. De botas, sobretudo e cachecol, porém, Barrett apenas caminha em frente como qualquer pessoa, um Almirante Peary reencarnado no campo de gelo de Knickerbocker, sem asas ameaçando lhe brotar dos calcanhares, nada além de um sujeito lutando contra o vento, dando um passo pesado atrás do outro.

A loja estará aconchegantemente na penumbra, sem clientela, a mercadoria organizada e promissora. Será como um refúgio, um lugar neutro, até as portas se abrirem para os que procuram jeans japoneses ou echarpes tricotadas à mão e intencionalmente imperfeitas ou uma camiseta original de Madonna da turnê *Like a Virgin*.

Vinte minutos depois, Barrett emerge do metrô na Bedford Avenue. O mundo está desperto agora. A delicatéssen da esquina cintila fluorescente sob a neve. Os pedestres caminham encolhidos, de cabeça baixa. Cedo assim, Williamsburg só tem homens e mulheres com empregos regulares, abrigados em sobretudos caros, em parkas Burton, membros da tribo nova-iorquina nômade que coloniza a vizinhança deprimente depois que os cidadãos mais jovens e destemidos abriram cafés e lojas, como fizeram Liz e Beth há sete anos, perguntando-se quão insano seria tentar vender suas oferendas peculiares onde antes funcionava uma agência de viagens polonesa, tendo um açougue como vizinho de um lado (agora uma butique de roupas infantis estratosfericamente caras) e, do outro, um bazar de caridade (que, ao longo da última década, cedeu lugar a uma sucessão de restaurantes que faliram e onde logo será aberto outro, sob a batuta de um novo otimista, decorado para parecer uma réplica perfeita de um bistrô parisiense, onde até mesmo as paredes ostentam manchas falsas de nicotina).

Mesmo acordada, Williamsburg se mostra silenciada pela neve, encoberta e contida, humilde, recordada de que até uma megalópolis está sujeita à natureza, de que essa vasta cidade barulhenta reside no mesmo planeta que inspirou, durante milênios, sacrifícios e guerras e a construção de templos, na tentativa de apaziguar uma deidade capaz, a qualquer momento, de varrer tudo do mapa com um tapinha de sua mão titânica.

Uma jovem mãe, de capuz, com uma echarpe que lhe cobre o nariz, empurra um carrinho de bebê, com seu pequeno ocupante protegido por uma cobertura de plástico translúcido fechada por um zíper na frente. Um homem, envergando um anoraque laranja, passeia com dois fox terriers, ambos usando botinhas vermelhas.

Barrett toma a direção da North Sixth. Ali, no meio do quarteirão, fica o prédio severo de tijolos marrons da Igreja armênia de St. Anne. Ele passa por ela diariamente. Em geral está fechada, as janelas escuras e as falsas portas medievais, trancadas. As idas e vindas de Barrett não coincidem com o horário dos cultos, e jamais lhe ocorreu de verdade, até essa manhã, que a igreja possuísse um interior. Bem que podia ser um bloco sólido, não um prédio, mas um monumento, em forma de igreja, aos séculos de murmúrios do Oriente Médio, à entoação de preces e à adoração de ícones, às imprecações e esperanças, ao batismo de bebês e aos ritos da morte. Nunca pareceu muito plausível a Barrett que essa construção impassível e deserta pudesse, em determinadas horas, ter vida.

Essa manhã, porém, a missa das oito está sendo celebrada. As pesadas portas marrons se encontram abertas.

Barrett sobe o pequeno lance de escadas de concreto que leva à entrada e se detém ali. Lá estão, estranhos à sua maneira, mas também profundamente familiares, o lusco-fusco cheirando a mofo com seus leves reflexos de ouro, o padre e os coroinhas (garotos robustos, plácidos e obedientes, nem grotescos nem heroicos, mas tão somente adolescentes velhos — seus próprios descendentes gorduchos), presidindo o ritual diante de um altar sobre o qual estão dois vasos cheios de crisântemos brancos agonizantes debaixo de um enorme crucifixo que pende do teto, crucifixo este que sustenta um Cristo incomumente cadavérico e atormentado, que sangra em abundância da ferida aberta em sua costela branco-esverdeada.

O grupo de paroquianos, no máximo uma dúzia, quase todo, ao que parece, constituído de mulheres idosas, se ajoelha obedientemente nos genuflexórios cor de café. O padre ergue o cálice e a hóstia. Os fiéis se levantam com esforço (essas mulheres devem estar sujeitas a todo tipo de mazelas nos joelhos e quadris) e começam a se dirigir ao altar para receber a comunhão.

Barrett continua à porta, salpicado pela neve cujos flocos pousam um instante em seu sobretudo antes de desaparecerem.

Beth diz:

— Acho que quero ir trabalhar hoje.

O rito do silêncio matinal foi observado. Beth se senta à mesa, mordiscando a ponta de uma torrada que Tyler fez para ela.

— Você acha? — indaga Tyler. Ultimamente nunca tem certeza se deve encorajá-la a fazer mais ou menos esforço.

— Hã, hã. Estou me sentindo muito bem.

Seus dentinhos alvos experimentam, sem apetite visível, um pedaço de pão. Ela pode parecer, às vezes, um animalzinho selvagem, desconfiado, porém esperançoso, provando algo desconhecido largado no chão.

— Está nevando realmente forte lá fora — diz Tyler.

— Em parte é por isso que quero ir. Tenho vontade de sentir a neve em mim.

Tyler entende. Ela anda especialmente ansiosa, nessas últimas semanas, por qualquer sensação intensa que possa administrar.

— Barrett já está lá — diz ele.

— Tão cedo?

— Disse que queria ficar sozinho na loja um pouco. Queria uma dose de silêncio total.

— Eu quero sair para a neve e o barulho — diz Beth. — A gente sempre quer alguma outra coisa, não é?

— É, sim. Sempre queremos *alguma coisa*.

Beth franze a testa para seu pedaço de torrada. Tyler estende a mão sobre a mesa e a pousa no braço pálido da namorada. Ele não esperava sentir-se tão incompetente para cuidar de Beth, tão inseguro sobre praticamente tudo que diz e faz. O máximo que consegue, de hábito, é tentar apenas acompanhá-la quando as mudanças ocorrem.

Ele diz:

— Vamos dar um banho em você, então.

Ele há de encher a banheira. Há de ensaboar seus ombros, deixar a água morna escorrer por aquelas costas ossudas.

— E quando estiver pronta, talvez eu caminhe com você até o metrô. Quer que eu faça isso?

— Quero — diz ela, com um sorriso ilegível. — Eu adoraria.

Ela é sensível a ser paparicada. Basta tratá-la com delicadeza exagerada e ela se abespinha (*"Posso subir um lance de escadas por conta própria, obrigada"*, *"Estou conversando, estou ótima, gostando da festa, por favor não me pergunte se quero me deitar"*); basta tratá-la com indiferença exagerada para que fique indignada (*"Posso precisar de uma ajudinha com esses últimos degraus"*, *"Estou exausta com essa festa, preciso de verdade que você me leve para casa agora"*).

-- Coma sua torrada — diz Tyler.

Ela dá uma única micromordida e torna a deixá-la no prato.

— Não consigo, de verdade. Mas a torrada está ótima.

— Sou famoso pelas minhas torradas.

— Vou me vestir.

— Está bem.

Ela se levanta, vai até ele, beija de leve sua testa, e, por um instante, parece ser ela quem o consola. Não é a primeira vez que isso acontece.

Tyler sabe o que Beth vai fazer. Vai esticar as roupas que escolher na cama, delicadamente, como se o tecido tivesse nervos. Ultimamente, ela só quer usar branco. O branco significa virgindade em algumas culturas, luto em outras. Para Beth, o branco significa uma forma de semivisibilidade, uma espécie de nem-aqui-nem-lá, uma noção de pausa, uma não cor, que, ao que tudo indica, lhe assenta, como se as assertivas sugeridas pelas cores, ou pelo preto, fossem inapropriadas, talvez até mesmo grosseiras.

Barrett se senta na loja vazia como um jovem rajá, sozinho com seus tesouros. *Tesouro*, claro, é um tantinho exagerado — tudo não passa do que Liz chama de "coisas".

Varejo. Não exatamente arte, não exatamente a busca da cura, mas...

Não é trivial. Pode não ser profundo, mas também não é trivial, a pequena busca do tesouro, as satisfações materiais. A busca constante, de Liz e Barrett e Beth (quando ela consegue dar conta, embora já não consiga dar conta faz um tempinho), do que é genuíno em meio ao que é falso, das pequenas maravilhas — o couro fino como papel e o brim resistente e azul-real; os talismãs em correntes — que lembram, de forma acessível (semiacessível), as echarpes bordadas com pedras preciosas e os livros falantes e as réplicas de elefantes em ouro que no passado eram presentados aos sultões. Os objetos e vestimentas que são feitos por indivíduos que poderiam ter sido alfaiates ou tecelões na Inglaterra, duzentos anos atrás; gente de dedos lépidos, charmosamente peculiar, que acorda toda manhã ansiosa para tecer mais gorros ou criar mais um amuleto de prata, gente com algum toque de bruxaria, gente capaz, de alguma forma rudimentar, de acreditar que produz não meros produtos, mas equipamentos protetores capazes de manter vivo o guerreiro justo quando este decidir investir contra a torre do Grão-Vizir.

E, sim, somos criaturas da carne. Quem melhor que Barrett sabe disso? Quem goza de mais familiaridade com as fibras invisíveis que unem anseios e vestimentas? Aquelas procissões solenes de casulos bordados a ouro e o sussurro alvo das alvas sob os sofredores olhos de madeira do Cristo crucificado? Será que o mundo secular não quer, não precisa, se mostrar orgulhoso e penitente em prol de algum salvador ou santo? Idolatramos inúmeros deuses ou ídolos, mas todos precisamos de roupas, precisamos ser as versões mais grandiosas possíveis de nós mesmos, preci-samos caminhar na face da terra com tanta graça e beleza quanto pudermos reunir antes que nos envolvam em nossas mortalhas e nos devolvam.

Barrett se senta atrás do balcão, com seu material de leitura debaixo dos olhos: o *Times*, o *Post* e o exemplar surrado de *Madame Bovary*, que está lendo pela sexta vez. Alterna a atenção entre os três.

De Flaubert:

No fundo do coração, porém, ela esperava que algo acontecesse. Como um marinheiro naufragado, voltou o olhar desesperado para a solidão da própria vida, buscando ao longe alguma vela branca em meio à bruma do horizonte. Não sabia que oportunidade seria essa nem em que direção o vento a levaria, em que praia aportaria, carregada de angústia ou plena de felicidade. Toda manhã ao acordar, porém, ela esperava que fosse esse o dia; aguçava o ouvido, assustava-se ao imaginar que pudesse não acontecer; ao cair da tarde, então, sempre mais entristecida, ansiava pelo novo amanhecer.

Do *Times*:

O *spammer* Jeremy Jaynes, o oitavo *spammer* mais prolífico do mundo, foi julgado culpado hoje de três acusações criminais depois de enviar milhares de spams por meio de vários servidores, todos localizados na Virginia.

Certo. Procurando velas entre a bruma, esperando o barco que pode — pode — chegar; examinando a tela do computador em busca... da oportunidade remota, da dica privilegiada, do ouro que ficou enterrado, esse tempo todo, bem ali, no quintal...

E do *Post*:

A PEDRADAS

Duas nigerianas foram mortas por apedrejamento em decorrência de acusações de adultério, um crime capital segundo a lei islâmica.

Acaso Flaubert não executou Emma pelo seu crime? Sim, mas, por outro lado, não. Flaubert não era um moralista... ou melhor, não teria apontado seu dedinho rechonchudo para Emma pelo crime de adultério. Era um moralista no sentido mais amplo. Estava, no máximo, escrevendo sobre um mundo burguês francês tão sufocante, tão apaixonado pela mediocridade respeitável...

Emma vinha recebendo spams, certo? Não foi o adultério que a desgraçou, mas, sim, sua tendência a acreditar em tolices.

Esse é o prazer de Barrett, sua busca incessante. O projeto Síntese de Absurdos. É um livro de recortes mental; uma árvore genealógica imaginária, não de ancestrais, mas de acontecimentos e circunstâncias e estados de desejo.

Optou por partir de *Madame Bovary* simplesmente por ser seu romance favorito. Porque é preciso partir de algum lugar.

Claro que isso não leva a lugar algum. Não resolve nada. Ainda assim, ele está — acha (espera) — fazendo progresso com essa tarefa simples e esses projetos não encomendados, impublicáveis. É um empregado de loja, arruma a mercadoria, o que é o suficiente, exatamente o suficiente, para bancar e contrabalançar estudos que não têm destino conhecido, sem leitores futuros; que não preveem discurso ou refutação acadêmicos. Ajuda, também, o fato de emprego e projetos coincidirem. Quando chegar a hora de abrir a loja (faltam apenas vinte minutos), ele se perguntará se Emma Bovary estará atraindo a ruína para si mesma e sua família comprando aqueles jeans de trezentos dólares, aquela jaqueta vintage de motociclista de novecentos e cinquenta (até Liz fica pasma com essa, embora seja astuta quanto ao que o mercado se dispõe a engolir). Barrett sabe que é romântica, perversamente romântica, aliás, a noção de que toda uma casa possa vir abaixo por causa de mesquinharia e ganância. Trata-se do século 19. Cidadãos do século 21 podem multiplicar seus cartões de crédito, podem aumentar seus limites, mas destruição de verdade, morte por extravagância, já não é possível. Dá-se um jeito com a empresa do cartão de crédito. Sempre se pode, caso chegue a esse ponto, declarar falência e começar de novo. Ninguém vai tomar uma dose de cianeto por causa de um par de botas de motociclista equivocadamente comprado.

É confortador, claro que sim, mas também, de alguma forma, desencorajador viver num sistema que não permite a autodestruição.

Tudo bem. Existe algo acerca de cortejar a desgraça, em termos de compras, que fascina Barrett, que prende sua atenção, que o ajuda a ficar satisfeito com a sua estatura atual. É a sugestão tecnicamente extinta, porém ainda plausível, de calamidade implícita na compra por impulso — a matrona empobrecida ou o jovem lorde deserdado que diz: "Vou sair por aí nesta camiseta Freddie Mercury perfeitamente desbotada (duzentos e cinquenta), vou à festa esta noite com esse minivestido McQueen vintage (oitocentos), porque o momento importa mais que o futuro. O presente — hoje, esta noite; a sensação de entrar num ambiente e criar um burburinho real, ainda que breve — é o que me importa, por mim tudo bem se não me sobrar nada."

Para Barrett parece uma forma inofensiva de sadismo, já que ninguém que sai da loja levando o que não tem meios para comprar vai se jogar debaixo de um trem em movimento. E, assim, ele pode curtir sem culpa (sem demasiada culpa) a ideia de que *Madame Bovary* e *Os Buddenbrooks* e *A Essência da Paixão* sobrevivam.

Barrett acendeu o modesto abajur que faz as vezes de sentinela ao lado da caixa registradora e provê a sua modesta poça de iluminação. Do lado de fora, figuras difusas peregrinam lentamente para cima e para baixo na Sixth Street.

Faltam dezoito minutos para a abertura da loja.

Ele fica surpreso, ligeiramente mortificado, quando Beth gira a chave na fechadura e entra.

Ela para um instante no retângulo da claridade que a neve produz. Parece perguntar-se, rapidamente, o que, afinal, foi fazer ali.

Barrett também se pergunta, rapidamente. Não estará ela ainda perdida no próprio sonho? Não se espera que esteja murchando suave e serenamente, sem excessos, em casa?

— Oi — diz ela.

Barrett precisa de um instante para responder "Oi". Precisa de um instante para receber Beth, mais uma vez, como membro do grupo dos vivos.

Ela está usando o que anda usando ultimamente. A echarpe branca (nada tão antiquado como um turbante) enrolada com displicência experiente em volta da cabeça careca; o suéter branco sobre a calça de esqui branca; o sapato branco de salto-agulha (numa tempestade de neve, socorro!).

Barrett volta a si, despe a expressão de acadêmico interrompido e vai até ela. Ela sacode a neve de seus ombros dolorosamente frágeis.

Ele diz:

— Ei, o que você veio fazer aqui?

Ela sorri corajosamente.

Uma admissão abominável: Barrett está ficando cansado de tanta coragem, de tanto esforço. Exigem demais dele.

— Me senti disposta a vir hoje.

Barrett precisa de mais que um instante para voltar à sua forma habitual, apresentável. Rapidamente a abraça, ajuda a espanar os flocos de neve que se perderam nos ombros e braços de Beth.

— Com esse tempo? — indaga ele. — Vamos ter uns três clientes hoje, no máximo.

— Me senti disposta a vir — responde Beth, dirigindo a Barrett um olhar potente, decidido, como o da criança famélica que acena com uma bandeira diante das barricadas, como o da menina-detetive que insiste que o crime ainda não foi elucidado, uma expressão que ele só pode descrever como a tirania dos doentes terminais: *Vivo agora num mundo além da consequência ou da lógica; não faço mais o que é preciso, faço o que consigo fazer, e nessas ocasiões parabéns são sempre bem-vindos.*

— Que ótimo — diz Barrett.

Beth olha, com uma expressão cética de proprietária (ela e Liz abriram a loja juntas, o dinheiro é de Liz, mas Beth entrou com a estética, com a perspicácia de saber o que os clientes querem e não querem), a loja impecavelmente organizada prestes a ser aberta.

— Vai tudo bem por aqui — diz ela.

E faz uma pausa. Esteve ali por último... Três semanas atrás? Mais que isso?

— Em ponto de bala — acrescenta Barrett.

Beth, livre da neve, vai em frente. Ela diz:

— Você trocou os jeans de lugar.

— Hã? Ah, foi, agora estão ali atrás.

— Deviam ficar mais perto da entrada — diz Beth.

— É... Bom, eu meio que mudei de lugar. Mais, tipo, mais para trás.

— Os jeans são a base das vendas — explica Beth. — Qual é a necessidade humana mais fundamental?

Barrett recita para ela:

— Achar o jeans perfeito. Achar o jeans que nos sirva e nos enalteça de forma tão ideal que todos, todos os seres conscientes no planeta, vão querer transar com a gente.

Ela franze a testa diante do exagero de Barrett. Na verdade, o mote original segue mais a seguinte linha: *Todo mundo vive em busca do jeans perfeito. Todo mundo está convencido de que o jeans perfeito há de mudar sua vida. Quando encontram o jeans, começam a pensar nos acessórios.*

Barrett se adianta:

— Podemos tornar a botá-los perto da entrada, se você quiser.

— Acho que é uma boa ideia — responde Beth.

Conforme fica claro, os doentes terminais podem se tornar mais, e não menos, irritantes, devido à autoridade que a partida iminente lhes confere. Quem diria?

Depois de acompanhar Beth até o metrô, já de volta à normalidade confortante da cozinha, confortavelmente sozinho, Tyler arruma mais duas — não, digamos quatro — carreiras e as consome. Lá vem de novo a euforia, os neurônios em ignição, a clareza incandescente.

Mais uma gota pinga na frigideira de molho. Aparentemente se trata de uma anunciação.

Tyler sabe, abrupta e plenamente, que Beth vai se recuperar. Os médicos ainda dizem que existe uma chance, e, por uma questão de princípio, eles não oferecem falsas esperanças, certo?

Beth vai se recuperar. Tyler há de terminar sua canção, e essa, finalmente, será aquela que ele vem tentando alcançar há todos esses anos.

Dá para sentir a canção, pairando acima da sua cabeça. Quase dá para ouvi-la, não a melodia em si, mas o zumbido de suas asas. Ele está prestes a pular e agarrá-la, puxá-la para si, segurá-la firme de encontro ao peito. Tudo bem se as penas lhe açoitarem o rosto; quem se importa com bicos e garras? Está animado, está pronto. Não tem medo.

Fará sucesso, finalmente, no próximo sábado, na modesta cerimônia que será realizada na sala de estar. Tudo está tão claro. Tyler vai escrever uma canção linda e cheia de significado. Barrett encontrará um amor que o preencha e um trabalho de verdade. E Liz. Liz se cansará de garotos, se cansará da sua decisão de se transformar numa velha durona, excêntrica, que vive desafiadoramente sozinha. Terá disposição para conhecer alguém que manterá seu interesse por mais que uns poucos meses, e esse homem lhe ensinará os meandros domésticos, a excitação modesta e confiável do que é conhecido, que, como quase todos sabem, menos Liz, é o caminho para a felicidade humana desde que a humanidade surgiu na face da terra.

Depois que Tyler e Beth se casarem, depois que ele lançar um álbum com uma pequena gravadora independente, um álbum que atraia um grupo modesto, porém ardoroso, de fãs (não vamos exagerar), ele encontrará um apartamento melhor num bairro menos sinistro. A luz vai entrar pelas janelas avantajadas, o assoalho será lisinho e nivelado. E o povo americano (como pôde ter tantas dúvidas?) não há de reeleger o pior presidente da história americana.

VÉSPERA DE ANO NOVO, 2006

Sumiu. Não pode ter sumido.

Mas sumiu. Faz meses.

Provavelmente há de voltar. Quase sempre volta. Depois que um corpo demonstra sua inexplicável fraqueza para replicação lunática, sua fome de tumores aniquiladores, o hábito tende a se instalar. A ânsia de superprodução parece, mesmo se prevenida, fixar-se na memória do corpo, e o que o corpo recorda mais vividamente, com o tempo, não é o que cessou, mas o que vicejou, uma espécie de abandono eufórico que apenas a parte mais primitiva do cérebro entende sobre a morte. Assim, é a esse viço, a essa renúncia à resistência, que o corpo, em geral, retorna, mais cedo ou mais tarde.

Por ora, porém, o câncer de Beth sumiu.

Não se trata de uma mera remissão. Ele desapareceu. Ao longo de cinco meses, desde novembro do ano passado, os tumores começaram a encolher. No início, houve a impressão de uma flutuação natural, que se tornara familiar. Então os tumores encolheram um pouco mais. E aparentemente as lesões no fígado de Beth também estavam sarando. Lentamente. Durante algum tempo foi apenas como se não estivessem piorando, mas, finalmente, Big Betsy, sentada em seu consultório (o mesmo consultório — aquele em que a alvura ártica parecia ainda mais glacial graças a uma paisagem emoldurada da Toscana — onde, três anos antes, as palavras "estágio quatro" entraram pela primeira vez no vocabulário conjunto de Tyler e Beth), declarou com cuidado, num dia de céu plúmbeo no início de abril, com voz grave e calculada, que as lesões pareciam não só ter parado de aumentar, mas também estarem (Big Betty olhou rapidamente para o computador, como se a palavra desejada se encontrasse escrita ali) cicatrizando. Ela logo recordou a Beth e Tyler que mudanças ocorrem, que era cedo para comprar champanhe. Discorreu sobre cautela, esperanças modestas, reveses, na voz monocórdia de um padre idoso.

No entanto, os tumores continuaram encolhendo. As lesões cicatrizaram. Até Steve Bicho-Papão, o cara da quimioterapia, usou a palavra "milagre", e nitidamente ele não era o tipo de homem que carrega internamente um vocabulário de magia e mistério.

Cá estão, assim, Beth e Tyler, na Véspera do Ano Novo, ainda no apartamento de Bushwick (vão se mudar em breve, Tyler tem certeza, mas ainda não chegou lá por enquanto, o dinheiro ainda não entrou). A sala está decorada com luzinhas de Natal. Um DVD na televisão mostra o fogo crepitando numa lareira. Pendurados aqui e acolá, pequenos ramos verdes de azevinho, secos e endurecidos a essa altura, mas precisando aguentar até o Dia de Ano Novo. É uma tradição, e a família Meeks (terá sido por rebeldia jocosa ou pela perda geral de ambição?) há muito é parca em tradições. Sempre houve uma sensação de improviso, de uma animada falta de preparativos, que Tyler teria satisfação de perpetuar, mas Barrett pôs fim a isso. A árvore de Natal no apartamento de Bushwick não foi comprada no último minuto, os presentes não foram apressadamente providenciados na véspera (o que resultava em escolhas estranhas, feitas porque o tempo se esgotara, daí tacos de golfe para Barrett em seu décimo segundo Natal, para o caso de que um dia ele demonstrasse interesse pelo golfe; um suéter azul e vermelho para Tyler aos quinze anos, quando ele não usava senão preto ou cinza há dois anos). Para a Véspera de Ano Novo aqui em Bushwick, há enfeites, há queijos e carnes e pão, há velas e uma coleção de cornetas de metal, tudo comprado por Barrett nos mercados de pulgas, para saudar a meia-noite.

Faltando quarenta e sete minutos, Tyler e Barrett, Liz e Andrew estão reunidos com Foster e Nina e Ping, todos produzidos: Barrett, envergando o colete bordado a ouro que comprou na liquidação pós-Natal da Barneys (mesmo com 60% de desconto, uma extravagância); Liz com um vestido curto de brilho metálico deixa ver, no decote, a tatuagem de uma guirlanda de rosas e parreiras; Andrew usa botas de combate, ceroulas cortadas abaixo do joelho e a camiseta de *Dark Side of the Moon*, de 1972, sem mangas, que ganhou de Liz no Natal; Ping, refestelado no sofá, como a lagarta de *Alice no País das Maravilhas*, conversa animadamente com Barrett, Foster e Liz sob a aba de uma cartola de cetim apenas um tantinho menor do que a do Chapeleiro Maluco. Barrett e Liz escutam educadamente. Foster (envergando um paletó de smoking de veludo com um broche de cristal) ostenta uma expressão de ávida atenção. Para ele, Ping é um luminar, um membro da Câmara da Sabedoria.

Fora do círculo, conversando com Nina, está Beth.

O rosto de Beth recuperou seu colorido luminoso; ela ganhou dez quilos ("Olha só!", exclamou ela no mês anterior, "Fiquei *boazuda*"). O cabelo está voltando ao seu comprimento de antes. Parece, porém, que somente o cabelo de Beth ficou marcado pela jornada aos domínios dos quais os viajantes raramente retornam. Seu cabelo, que no passado era bem escuro e ostentava lânguidas ondas, ressurgiu liso e sem brilho, não grisalho, mas também não em seu tom vivo de café forte. O lustro se foi. O cabelo de Beth é aceitável, porém não ondeia nem brilha mais. Ele cai como uma cortina. Não parece vivo nem morto. Se Beth fosse uma menina num conto de fadas (um conto de fadas de um certo tipo), seu cabelo seria a marca da sua luta contra a bruxa, uma luta na qual foi vitoriosa, mas de onde não saiu incólume. Liz vive insistindo para que Beth o tinja, e Beth diz que fará isso em breve, mas as semanas passam, os meses passam, e Beth nada faz com seu cabelo desgastado além de prendê-lo num coque apertado na base da nuca. Ao que tudo indica, ela quer um lembrete, embora jamais o admita. Parece atribuir algum valor à marca deixada pela bruxa.

Ela está de pé no meio da sala, um dos braços enlaçando a cintura de ginasta de Nina, sobre a qual chovem elogios. Nina está deslumbrante hoje, o corpo rijo e curvilíneo envolto num vestido de alça cor de marfim, com voltas de pérolas adornando o pescoço imponente. Beth ri de alguma coisa que Nina sussurrou em seu ouvido.

Tyler sai da cozinha (só umas rápidas e discretas carreirinhas) e vai até Beth, que se liberta de Nina com a mesma graça com que trocaria de par em um baile. Beth, por ser oriunda de uma família rica de Grosse Pointe, teve educação esmerada, entende de cachorros e de barcos, envia cartões de agradecimento.

Ela beija Tyler. Seu hálito voltou a ser doce, não há mais resquícios de medicação ou decomposição à espreita.

Tyler diz:

— Então, 2006 vem aí.

— Quero que você garanta que vai me beijar primeiro à meia-noite, certo? — sussurra ela.

— Pode crer, palhaça.

— Eu sei. Só quero ter absoluta certeza de que Foster não vai dar uma de empata-foda para cima de mim outra vez.

— Ele não faria isso. Você é uma mulher casada agora.

— E você é um homem casado. O que é a única coisa que poderia tornar você ainda mais atraente para Foster.

— O interesse de Foster — atalha Tyler — por um inalcançável sujeito hétero de meia-idade sem dinheiro permanecerá um mistério.

— Flannery O'Connor não escreveu alguma coisa sobre como um de seus cisnes se apaixonou por um bebedouro de pássaros?

— Foi nas suas cartas. Ela rotulou de típico senso de realidade sulista. Beth diz:

— É o Foster escrito e escarrado, não? Ele só está de visita na realidade.

Tyler olha para o rosto vivo e sem malícia de Beth. Não há amargura no que ela disse, não a incomoda o fato de Foster ter uma queda por Tyler; ela insiste, sempre insistiu, em viver no mundo mais generoso e abundante possível.

Tyler a abraça. Tem coisas demais a dizer. Ela repousa a cabeça de encontro ao peito do marido.

E, com a mesma rapidez, o medo aflora.

Será que deveriam estar comemorando assim? Claro. Como poderiam agir de outra forma?

Mas como podem celebrar esta noite sem prever alguma lembrança futura; sem imaginar se, na Véspera de Ano Novo de 2008, ou 2012, ou sabe-se lá quando, estarão reunidos em torno da lembrança de 2006, quando, como crianças tolas, festejaram como se Beth estivesse de fato curada? Como será que vão se lembrar desta noite — dessa gratidão ensandecida, dessa esperança eufórica?

Ainda assim... Steve Bicho-Papão, o cara da químio, usou a palavra "milagre". Que tal?

*

Barrett se liberta de Ping e dos outros, pega uma garrafa de champanhe na mesinha em frente ao sofá e a leva até Tyler e Beth. Barrett enche suas taças e ergue a dele.

— Feliz 2006 — brinda.

— Feliz 2006 — diz Beth.

Os dois fazem tintim.

Tyler engole o impulso de dizer: *Feliz 2006? Por acaso os nomes John Roberts e Samuel Alito acendem uma luzinha? Por acaso o jeito de lidar com o Katrina impressionou? Por acaso vocês se incomodam, ainda que de leve, com o fato de estarmos vivendo o SEGUNDO MANDATO do pior presidente da história?*

Tyler apenas sorri, beberica seu champanhe.

O que há de errado com ele? Beth está curada. Ele repete a frase para si mesmo. *Beth está curada.* Como consegue gastar sequer uma célula do cérebro para pensar na nova Suprema Corte de direita?

Será que Tyler realmente pretende virar um velho rabugento e dono da verdade?

Barrett lhe lança *aquele* olhar. Barrett sempre sabe. Tyler fica grato.

Barrett diz a Beth:

— Posso roubar você uns minutinhos?

— Pelo tempo que quiser — responde ela.

Tyler solta Beth. Barrett lhe oferece o braço, um gesto que, ao mesmo tempo, é e não é uma paródia de formalidade.

E diz:

— Prometi a Ping que iria ver se todo mundo está servido de champanhe e voltar para seu discurso sobre Jane Bowles.

Beth fala baixinho, junto ao ouvido dele:

— Ping é bem-intencionado. Você acha possível ele ser curado da mania dos discursos?

— Complicado. Não são discursos normais.

— O que seria, exatamente, um discurso *normal*?

— Os dele não repetem pela enésima vez algo que ele sabe, não são acadêmicos. Ele só tem esses *acessos de entusiasmo.*

— Verdade.

— Ele faz uma descoberta notável e precisa contar que fez. De A a Z.

— Ele é curioso. É a pessoa mais curiosa que conheço.

— O que tem seu charme — diz Barrett.

— Sim.

— E é irritante.

— Também.

Ping grita do sofá:

— Ei, vocês dois, isso aí é uma conspiração privada ou se admitem adesões?

Barrett e Beth correm para o sofá, onde Ping, aboletado majestosamente, prossegue em sua ladainha para Foster e Liz, que se sentam, como acólitos, um de cada lado do mestre. Barrett ocupa a poltrona verde em frente ao sofá; Beth, um dos braços da poltrona.

Ping está declarando que Jane Bowles é a Santa Padroeira das Doidas, uma conversa da qual Barrett anseia escapar. Ele sabe sobre Bowles tudo que parece tão revelador para Ping, mas Ping ficaria magoado se Barrett interviesse — Jane Bowles é, para os fins da plateia imediata de Ping, sua descoberta pessoal, uma mulher selvagem trazida de um continente sombrio, uma maravilha encontrada por Ping e agora invocada para o encantamento de outros.

Em prol da Véspera de Ano Novo, em prol de uma afirmação mais geral de generosidade em si mesmo, Barrett faz o possível para sufocar um pensamento: *Deus me livre de gente que se acha mais inteligente do que é.*

Foster, à esquerda de Ping, ouve hipnotizado. Foster busca uma persona para incorporar. Passou seus vinte anos e início dos trinta sendo pago (tanto legitimamente quanto nem tanto) pela simetria poderosa de seu rosto e pelo dom genético que lhe deu esse corpinho; tenta agora decidir o que, exatamente, fazer, já que seus atributos estão ficando um tantinho gastos (como sempre, as mazelas da mortalidade) para serem comercializáveis...

A preocupação de Barrett: Foster está, aos trinta e sete anos, zanzando por aí e pegando qualquer coisa que pareça promissora, sem um pingo de paixão ou de princípios. Quer um novo futuro, mas é tão desorganizado em sua busca que Barrett se aflige ao pensar que ele ainda continuará na mesma situação aos cinquenta anos, servindo mesas, paquerando na Internet como um tiozinho (*Você procura um homem de verdade? Sei o que você quer. Sei do que você precisa*), enquanto planeja seu caminho.

Provavelmente deve haver quem suponha que a busca sem objetivo de Foster se aplique a Barrett também.

Essas pessoas estão erradas. Barrett se surpreende ao descobrir que não tem qualquer grande interesse em corrigir a impressão equivocada daqueles que simplesmente não sabem.

Barrett é um humilde empregado de loja. Arruma a mercadoria. E, privadamente, para satisfação própria, formula sua Teoria Empírica Unificada de Tudo, que, como tantos projetos válidos, está fadada ao fracasso e é, no mínimo, semidelirante.

Partamos do seguinte: as leis da física que governam o sistema solar diferem profundamente daquelas que governam os movimentos das partículas subatômicas. Deveriam, é claro, ser as mesmas leis — um planeta deveria orbitar seu sol mais ou menos da mesma forma como um elétron orbita um núcleo. Não. Surpresa!

Barrett não é, porém, para sua infelicidade, um físico. Falta-lhe esse talento específico.

Assim, ele começa do seguinte, ao invés:

No final de *Madame Bovary*, Homais — o farmacêutico local, a epítome da mediocridade pomposa, um homem cujas "curas" só fazem piorar as mazelas dos pacientes — recebe a medalha da Legion d'Honneur.

Homais, naturalmente, é uma pessoa inventada. De todo jeito... Entre os verdadeiros granjeados com a medalha se incluem: Borges, Cocteau, Jane Goodall, Jerry Lewis (é fato), David Lynch, Charlotte Rampling, Rodin, Desmond Tutu, Julio Verne, Edith Wharton e Shirley Bassey, que cantou a canção-tema em *Goldfinger*.

Entre os heróis americanos — as mulheres e os homens que provavelmente fariam jus a uma versão americana da medalha da Legion d'Honneur — sem dúvida se incluem Walt Whitman, Thomas Jefferson, Sojourner Truth, John Adams, Gertrude Stein, Benjamin Franklin,

Thomas Edison, Susan B. Anthony, John Coltrane, Moms Mabley e Jasper Johns.

Mas há também o seguinte: Ronald Reagan já começa a ser lembrado como um dos grandes presidentes americanos. Paris Hilton é uma das maiores celebridades vivas.

Barrett está tentando, da melhor maneira possível, compatibilizar tudo isso. Começando com *Madame Bovary* para abrir caminho.

E ele viu uma luz celestial. Que devolveu seu olhar.

Para Barrett é o suficiente para que ele siga seu pequeno caminho; para buscar o conhecimento pelo conhecimento em si. Essa, ao que parece, é a resposta; é a resposta para ele. Barrett é um cidadão do território intermediário. Já não é garçom de um restaurante italiano à beira da falência em Portland, nem corre mais atrás da cátedra em alguma universidade remota. Ele vende objetos a pessoas, que ficam encantadas com os objetos que ele lhes vende. Ele estuda sozinho e secretamente.

É o suficiente. Não é o que se esperava dele, em termos do trabalho de uma vida, mas, com efeito, o que poderia ser mais deprimente do que dar à plateia o resultado previsto?

E talvez — talvez — o amor surja. E permaneça. Pode acontecer. Não existe qualquer motivo óbvio para a indocilidade do amor (embora também não exista qualquer motivo óbvio para o comportamento dos nêutrons). Tudo tem a ver com paciência. Não? Paciência e a recusa a perder a esperança. A recusa a se deixar intimidar por, digamos, um texto de despedida de cinco linhas.

Desejo a você felicidade e sorte no futuro. xxx.

Isso vindo de um homem com quem Barrett imaginara, se permitira imaginar, ouvir o zumbido do encontro de almas, uma ou duas vezes no mínimo (naquela tarde chuvosa na banheira, quando ele sussurrou o poema de O'Hara no ouvido circundado de penugem loura do sujeito; naquela noite nas montanhas Adirondacks, com três galhos tamborilando a janela, quando o sujeito disse como se partilhasse um segredo: "Essa árvore é uma acácia").

A gente vai em frente, certo? A gente vê uma luz impossível, que se apaga de novo. A gente acredita que uma banheira no Village, numa tarde de quinta-feira, se apresentou como um destino real, não apenas como mais uma parada no caminho.

Essa, Barrett Meeks, é a sua obra. Você testemunha e formula. Você persevera. Você, afinal, fez uma descoberta significativa. Causar uma grande impressão, construir uma carreira relevante não são feitos exigidos nem mesmo daqueles dotados de poderes mentais mais que medianos. Não está escrito em nenhum contrato. Deus (quem quer que Ela seja) não espera que você, que ninguém, aliás, chegue ao território das nuvens, com seus remotos torreões dourados, com uma lista de realizações terrenas.

Barrett, sentado na poltrona, abraça de leve a cinturinha de Beth. Ping está dizendo:

—... Esperem aí, esta é a melhor parte. Frieda, ela é a respeitável no romance, diz "Eu desmoronei, o que é algo que desejo há anos que aconteça". Que tal?

Foster diz:

— Vou mandar tatuar no peito.

Barrett diz:

— Centrar a mente na carne é a morte, mas centrar a mente no espírito é vida e paz.

Segue-se uma pausa. Ping olha para Barrett como se Barrett, de repente, tivesse contado uma piada idiota.

— Tenho certeza de que é verdade — diz Ping com delicadeza elaborada, como se ajudasse Barrett a disfarçar seu *faux pas*.

Beth acaricia suavemente o pescoço do cunhado. Ela é tão casada com Barrett quanto com Tyler — a prova reside num gesto como esse.

— Desculpe — diz Barrett. — Continue.

Mas o clímax de Ping foi estragado, seu número de palco comprometido. Ele sorri com a cordialidade que devia ser comum entre os cortesãos de reis franceses.

— De onde exatamente saiu *isso*, meu anjo? — indaga.

Barrett, olhando à volta, desejando se liquefazer, escorrer assoalho abaixo como água suja caída da pia, ou, não sendo isso possível, se explicar, vê Andrew, de pé ocioso ali perto, com uma cerveja e um punhado de amendoins, atrás do sofá, fora do campo visual de Ping.

Andrew, plácido e seguro. Andrew, que, ao estilo de certos deuses, não dá a mínima bola para discussões humanas, que literalmente não as entende. Existem todos esses frutos, existem água e céu, há o bastante para todos, sobre o que vocês precisam discutir?

Liz está com ele há mais tempo que de hábito, não?

— Romanos — responde Barrett.

— Romanos, na Bíblia?

— Isso. A Bíblia.

— Você é uma peça — diz Ping.

Ping é uma diva, mas não uma diva do tipo mais viperino; é uma diva no espírito de *grande dame*, liberal com os sinais do próprio desprazer (quem o vê, jamais deve imaginar que é facilmente derrotado, não deve confundi-lo com um adulador), porém cordial, ainda que com frieza. Também não é um pedante. Não passa meramente de um zelote, dono de uma lealdade feroz e singular àquilo que lhe concederam entender como revelador. Antes de Jane Bowles houve Henry Darger; antes de Darger, a carreira social de Barbara Hutton. Quando embarca na própria obsessão, Ping costuma ficar surpreso, genuinamente surpreso, ante o fato de alguém ser capaz de se interessar por coisa diferente.

Barrett diz:

— Jane Bowles provavelmente estava sendo envenenada pela marroquina por quem tinha se apaixonado.

— Eu *sei* — responde Ping, com uma urgência adejante, mexeriqueira. — Não é *incrível*? A mulher, aliás, era uma velha horrorosa que usava uma burca preta e óculos escuros. Você devia ver as fotos. Jane, linda como uma aristocrata esculpida em mármore, caminhando pelas ruas do Marrocos com uma mulher que podia muito bem ser uma das feiticeiras em *Macbeth*.

O rosto de Foster — ainda espetacular na combinação do queixo irlandês esculpido em pedra com um lábio inferior sensualmente carnudo, encimados por aquele nariz improvável, nobre, de menino inglês — adota uma expressão que poderia passar por encantamento, mas que, segundo suspeita Barrett, não é mais que incompreensão.

— Isso é loucura — diz ele.

— Jane era louca — atalha Ping, com uma expressão de satisfação saciada, felina. Ele crê que todos os grandes artistas são, devem ser, se não perturbados, na pior das hipóteses excêntricos. Terá isso a ver, pergunta--se Barrett, com as paisagens e naturezas-mortas sentimentaloides que Ping pinta nos fins de semana? Será que isso explica seus chapéus, suas coleções: as ilustrações de pássaros vitorianas, os abajures árabes crave-jados de pedras preciosas, as primeiras edições?

— Acho que terei de ler o livro dela — declara Foster num tom que consegue passar sua genuína intenção, bem como o fato de que, para ele, efetivamente ler o livro é uma ambição admirável, porém inatingível. Ele bem que podia ter dito: *Acho que terei de aprender física das partículas.*

— Não é só baixo astral e deprê — explica Ping. — É incrivelmente engraçado. A vida que os grandes artistas levam e os livros que escrevem são coisas muito diferentes.

Ping tem de volta seu clímax. Ele diz:

— Não se esqueçam de que ela levou uma vida muito estranha. Era uma expatriada. Casou com aquela bicha gorda, Paul Bowles, que a igno-rava, jamais lhe mandou um tostão, estava sempre falida. Suponho que vivia num mundo onde achava que podia acontecer de tudo.

Beth dá um apertãozinho tranquilizador na nuca de Barrett, levanta do braço da poltrona e vai procurar Tyler, tendo dito antes:

— Faltam vinte e nove minutos para a meia-noite, pessoal.

A partida de Beth dá a Barrett permissão para partir também. Ele olha de soslaio para Liz, mas seu rosto nada transmite, graças ao talento que ela tem para cancelar qualquer expressão, sentar-se em grupos como se esperasse pacientemente, sem irritação nem dúvidas, o carro alugado chegar para levá-la a algum lugar lindo e sereno.

Barrett diz:

— Tenho apenas vinte e nove minutos para contemplar meus pecados.

Para Barrett, o único rival verdadeiro de Ping é o humor cáustico, o único método aceitável para bater em retirada em meio à encenação de Ping.

Ping leva a mão ao peito, numa demonstração exagerada de horror.

— Querido, você precisaria de vinte e nove *dias*.

Barrett se levanta da poltrona e Ping volta a atenção para Foster.

— E na verdade — diz ele —, se você é um gênio perturbado, por que não desmontar num lugar onde há macacos correndo pelas ruas e ambulantes vendendo frutas que você nunca viu na vida?

Foster olha, sub-repticiamente (Ping não gosta de olhares furtivos), para Tyler, que estende o braço para Beth, envolve com ele seus ombros e a puxa para si, abrigando-a de encontro ao peito. Tyler. Seu belo olhar devastador. Sua capacidade para a devoção. Que é tão sexy. Por que isso falta a tantos homens gays? Por que somos tão dispersos, tão apaixonados pela ideia de mais e mais e mais ainda?

Um flash: Tyler despindo Foster, com ternura, com ardor, maravilhado com o peito desnudo de Foster, as dobras do abdome; Tyler acompanhando a trilha de pelinhos mais escuros que partem do umbigo de Foster, como se Foster os tivesse deixado crescer especialmente para ele; Tyler com tesão por Foster, só por Foster, Foster é a exceção, homens não são a praia de Tyler, *Foster* é a sua praia, e ele baixa o jeans de Foster, paternal, mas sexualmente, pronto para foder Foster com a delicadeza selvagem de um pai, um pai incrivelmente perverso, nada de tabus aqui, ele age pelo bem do filho, cuida dele, é carinhoso, sabendo, graças à voz do sangue, do que o filho precisa.

Mas Ping prossegue:

— É melhor, realmente, partir desta num redemoinho de chamas. Por isso amamos Marilyn e James Dean. Amamos os que vão direto para o fogo. Não digo que Jane Bowles fosse propriamente Marilyn ou James Dean para a maioria das pessoas, mas para mim...

Foster volta a prestar atenção. Ping é um bom professor, e há muito a aprender.

*

Liberto, Barrett se descobre sem uma direção imediata. Beth está falando com Tyler e Nina, e a Barrett falta energia, nesse preciso momento, para entrar numa conversa em andamento. Andrew senta uma meia bunda no parapeito da janela, olhando para a noite (ou para o próprio reflexo no vidro), enquanto toma mais uma cerveja (ele consome livremente, como faz um animal, aceitando tudo que lhe é oferecido de um jeito tão natural quanto qualquer criatura cuja carreira terrena dependa de uma ingestão máxima versus uma produção mínima). Afora a veneração de Barrett por Andrew — por causa da sua veneração por Andrew —, os dois têm uma relação amistosa, mas não íntima. Seria impossível para Barrett simplesmente ir até Andrew e dizer... o que quer que fosse sobre expectativas quanto ao ano vindouro. Ou qualquer coisa sobre qualquer coisa.

Barrett decide entrar discretamente em seu quarto e se deitar alguns minutos. De repente esta lhe parece a mais maravilhosa de todas as possibilidades: a oportunidade de se deitar tranquilo, sozinho, em seu colchão, com a festa tocando, baixinho como num rádio, na sala ao lado.

Quando entra no quarto, ele o deixa no escuro, um "escuro" relativo, com a persiana levantada — a Avenida Knickerbocker espalha sua difusa radiância alaranjada durante a noite toda. Barrett se acomoda no colchão com uma certa cautela, como se sofresse de reumatismo nas juntas.

O quarto, por ser branco, absorve a claridade da rua, pontuada por ligeiras pulsações cor de laranja, lembrando um cenário de *film noir*. O quarto não é desagradável, mas ali Barrett se sente, mais e mais agudamente, como um imigrante que chegou a um país estrangeiro que não é árido nem verdejante. É o país que o aceitou, já que lhe faltavam os documentos necessários para entrar em territórios mais promissores e não podia mais permanecer naquele ao qual no passado pensara pertencer; onde seus talentos (sua habilidade para esfolar um antílope, para moer bolotas e transformar em farinha) não têm utilidade ou valor.

Eis o problema que marcou seus anos anteriores: quase tudo é interessante, especialmente os livros, para Barrett; e aprender outras línguas, destrinchar seus códigos, começar a ver seus padrões e mutações; e história — a raspagem de todo aquele tempo acumulado para encontrar, ainda vivo, em seu próprio continuum, um dia no mercado na Mesopotâmia, onde uma mulher escolhe mangas; uma noite nos arredores de Moscou, o ar negro tão frio que impede a respiração, Napoleão em algum lugar debaixo do mesmo céu congelado, a escuridão cinzenta de Moscou com suas estrelas de gelo que nunca pareceram tão brilhantes ou tão remotas...

Mas existe, também, o mundo de metas simples, a fadiga no final de um dia de trabalho, quer este tenha sido de fritar hambúrgueres ou consertar um telhado; o amor que se pode sentir pelas garçonetes e os cozinheiros, os carpinteiros e eletricistas... Não existe outra devoção exatamente como essa (talvez seja uma versão miniatura do que os homens sentem após irem juntos à guerra); a pura algaravia brincalhona de uma saída para tomar cerveja depois de ser dispensado do trabalho, *Willy tem uma namorada doida, e Esther devia com certeza voltar para os filhos, e Little Ed já economizou quase o suficiente para comprar aquele Ducati de segunda mão...*

Barrett, em sua vida profissional, foi durante muito tempo a debutante que não conseguia escolher, que achava que cada marido potencial era mais ou menos promissor, mas nunca exatamente... nunca exatamente alguém que ela imaginasse poder ver todos os dias pelo resto da vida, e, por isso, esperava. Não que fosse assim tão orgulhosa, não que se imaginasse formidável demais para qualquer mero mortal. Simplesmente achava que seu próprio conjunto de inclinações e excentricidades não combinava o suficiente com os candidatos locais. Seria injusto, não é mesmo, casar-se com alguém sobre quem não estivesse segura, e, por isso, esperava para ter convicção. Ainda era jovem, jovem o bastante, e então... Foi de repente, como assim? De repente já não era jovem o bastante, tinha a impressão de estar morando na casa dos pais, lendo e bordando...

É alentador, de um jeito estranho e agridoce, que Barrett tenha achado uma carreira afinal e (estranho, porém verdade) mais ainda que essa carreira, como se sabe, seja secreta, não encerre qualquer propósito mundano nem a possibilidade de riqueza.

No teto, diretamente acima da cabeça de Barrett, uma rachadura em forma de Y vez por outra deixa cair uma pitada de pó de cal, um esporádico chuvisco de neve artificial, o que significa, claro, uma discussão com o locador, mas significa, também, que o prédio está se desintegrando (há outros sinais — vigas porosas, um crescente aspecto de umidade tenaz), visão esta exclusiva de Barrett, que se convenceu de que o prédio vem perdendo a fé em si mesmo; que mal pode dar conta do esforço exigido das paredes exauridas e dos tetos inflexíveis; de que um dia ele há de simplesmente emitir um suspiro rouco e desabar por inteiro.

Beth, porém, ficou curada, seu próprio desabamento revertido, e Barrett ainda precisa se permitir imaginar que a manifestação celestial, que ocorreu um ano e meio atrás, possa ter conexão com isso.

Ele não aguenta a estranheza da coisa. Não aguenta a grandiosidade. É bom estar sozinho em sua cama nesse quarto sereno, com os sons da festa e os sons da rua entrando de mansinho, todos esses mundos seguindo em frente sem ele. Ele flutua na cama como Ofélia, abençoadamente afogada (ou assim lhe agrada pensar nela): perdida para a vida, sim, mas perdida, igualmente, para a acusação e a traição, mais bela na morte, boiando com o rosto calmo e pálido e as mãos brancas e vazias voltadas para o céu, cercada pelas flores que a correnteza move e que a levaram a inclinar-se em demasia para pegar; uma mulher antes aflita que partiu serenamente para o mundo natural, entregue ao reluzente movimento da água, unida à terra como só acontece com os mortos.

— Oi.

Barrett levanta a cabeça e se vira para encarar a porta aberta.

É Andrew. Não pode ser Andrew. Por que Andrew viria se postar à porta do quarto de Barrett?

Mas cá está ele. Suas formas, o V do seu torso, o capacete compacto, raspado, que é sua cabeça, a graça natural com que fica de pé, como se ficar de pé fizesse parte de uma dança, cujos passos a maioria da população não conseguiu aprender.

— Oi, cara — responde Barrett.

— Você tem aí? — pergunta Andrew.

Tem aí o quê? Ah, claro.

— Não, sinto muito.

Andrew alterna o peso de um pé para o outro, ágil e autoritário como Gene Kelly. Do qual, é claro, Andrew com certeza jamais ouviu falar.

Existe também outra coisa: a falsa indiferença, essa maravilhosa convicção juvenil de que se fosse importante Andrew saberia.

— Ah... Pensei que você tivesse escapulido para curtir um barato.

Barrett se esforça para superar um instante de deslumbramento — Andrew registrou sua partida. Mas não, não se atrele nisso. Continue falando.

Barrett diz:

— Olha, existe uma possibilidade remota. Vem comigo.

Ele se levanta da cama e caminha até Andrew. Barrett não tem um andar de dançarino para apresentar. Põe um pé adiante do outro. Espera que a palavra "pesadão" não se aplique.

Barrett entra na penumbra de aroma de Andrew — se viesse num frasco, só poderia se chamar Garoto. Há uma emanação estranhamente não azeda de suor (Andrew não transpira nada fétido, seu suor não tem correlato ou comparação, é simplesmente limpo e carnal, com um ligeiro toque, talvez, de sal marinho). Nada de colônia, claro, nem desodorante, mas algo cítrico, uma sugestão de sumo e amargor; sabonete ou loção, talvez apenas bálsamo para lábios, uma fragrância furtiva, comprado a esmo e aplicado.

Barrett insiste consigo mesmo, em silêncio, para se acalmar e sente uma pontada irracional de medo de ter, por algum motivo, falado alto — de ter ido até Andrew e dito, do nada, *Acalme-se.*

Será uma característica comum aos apaixonados crer que os seus pensamentos podem ser lidos? É provável. Como, afinal, é possível que tamanho turbilhão de esperança e temor e desejo seja inaudível? Como é possível que nosso crânio seja capaz de contê-lo?

Andrew diz:

— Não quero interromper.

— Não — responde Barrett. — Eu só estava... Estava dando um tempinho. Até a meia-noite.

Andrew assente. Ele não entende por que é necessário dar um tempo até a meia-noite, mas aceita, respeita, as pequenas peculiaridades de outros. Isso, também, é parte do seu encanto — essa versão masculina da calma infantil de Alice em suas andanças pelo País das Maravilhas, onde coisa alguma era familiar e tudo era curioso, mas apenas curioso, jamais aterrador ou desconcertante.

— Vem comigo — diz Barrett.

Ele guia Andrew pelo corredor até o quarto de Tyler e Beth.

O cômodo está escuro e vazio. Sem Beth jazendo em seu ataúde, o quarto se transformou de alcova dos tesouros — repleto de oferendas para a princesa adormecida — em paraíso de quinquilharias. A quantidade de objetos aumentou, porém não se alterou significativamente. Há mais livros, precariamente equilibrados em pilhas. O abajur da dançarina de hula, ainda aguardando uma fiação nova, adquiriu um irmão, com uma base em forma de farol e uma cúpula estampada com barcos a vela. As esqueléticas *bergères* gêmeas têm agora como companhia uma modesta mesinha de bambu — um objeto pequeno, humilde, de fabricação barata, servo das poltronas.

A Rainha da Neve   117

Quando se recuperou, quando abandonou sua vida no quarto e voltou para o mundo mais amplo, Beth levou com ela o encantamento eduardiano lânguido do aposento, que agora não passa de um quarto abarrotado de livros e coisas descartadas, uma caverna de acumuladores, charmoso à sua maneira, mas também meio estranho. O fato de Beth estar morrendo, a ideia de que isso pudesse acontecer nesse quarto, gerava um encantamento, e agora os moradores mudos do quarto, as cadeiras e abajures e as malas de couro escamadas são objetos, nada mais que isso, que, encerrado seu breve período de transfiguração, voltaram aos domínios do insólito, aguardando pacientemente o fim do mundo.

A cama, porém, atrás da barricada de quinquilharias, é neutra e alva, quase luminosa. A cama é a Bela Adormecida, em torno da qual cresceram arbustos, galhos e espinhos para sua proteção.

Barrett abre caminho em meio ao acúmulo de coisas. O quarto bem podia ser um purgatório de objetos, mas não está sujeito aos odores, comuns em brechós, de poeira e verniz velho, misturado com aquela essência chorosa não exatamente limpa que aparentemente se gruda a tudo que passou tempo demais indesejado. Beth acende velas com aroma de lavanda agora, em todos os cômodos, do jeito como uma mulher idosa usa perfume para banir qualquer essência detectável de degeneração.

Barrett abre a gaveta da mesinha de cabeceira do lado em que dorme Tyler. A gaveta está cheia de tylerices: camisinhas e lubrificante, claro; um tubo de unguento japonês; um quadrado de papel laminado e uma esferográfica; uma foto antiga da mãe de ambos (Barrett ainda se surpreende, vez por outra, quando se lembra de que ela era gorducha e tinha sobrancelhas grossas encimando olhos céticos e próximos um do outro, típicos de uma mulher que jamais foi roubada no preço pelo açougueiro local; uma bela mulher, como se diz por aí, imponente, mas não uma grande beldade, conforme Barrett insiste em se lembrar dela); uns comprimidos de Contact sem invólucro; um amontoado de palhetas de violão e...

O vidrinho, cuja ponta se insinua junto a uma das palhetas, não ocupa um lugar de honra. Simplesmente é mais um objeto na gaveta de Tyler.

Barrett esperara encontrar o estoque de cocaína de Tyler. E esperara não encontrar.

Claro que Tyler não parou. Barrett deveria saber disso. Certo? Ou não. Há tanto tempo desposou o hábito de acreditar em Tyler...

Um fenômeno estranho: parece haver (embora não seja possível — será?) uma confluência de segredos, repentinamente revelados: uma situação gemelar. Se Barrett está escondendo de Tyler a história da luz, Tyler naturalmente estaria escondendo, também, alguma coisa de Barrett. O equilíbrio precisa ser mantido.

O que é loucura. E soa possível a Barrett.

Um outro fenômeno estranho: Barrett está dividido entre a sensação de que foi traído (faz um rápido exame na memória — quantas vezes Tyler *disse*, realmente, que tinha parado de usar drogas?), o que é importante porque existe, ao que parece, uma diferença, para Barrett, entre mentiras mesmo e atos que meramente não são mencionados; sua preocupação (cocaína não é uma boa coisa para Tyler, como, é claro, não é para ninguém, mas para Tyler, em especial, que fica demasiado eufórico sob o seu efeito e acredita piamente em sua própria versão alucinada de si mesmo); e o alívio de Barrett (do qual ele devidamente se envergonha) por descobrir algo que encantará Andrew — o prazer que Barrett extrai dessa pequena habilidade criminosa de provedor; de ser, para Andrew, mais que um homem sem recursos que simplesmente estava deitado sozinho na própria cama.

Barrett pega o vidrinho. Ele é de plástico e tem uma tampa de plástico preta. Ele o ergue para que Andrew veja. Andrew assente, solene, como quem concorda com uma noção amplamente aceita e repetida, sem reduzir sua verdade fundamental, há séculos. Barrett lhe entrega o vidrinho.

Barrett usou cocaína duas vezes, em festas, anos antes, e não nutre qualquer afeição pela droga, que lhe pareceu em ambas as ocasiões pouco mais que uma dor de cabeça autoimposta, seguida de uma sensação maior que a habitual de ansiedade e desconforto, o que ele já costuma ter em abundância.

Andrew destampa o vidrinho. Tira do bolso um chaveiro (por que será que tem tantas chaves, no mínimo uma dúzia?), mergulha uma delas no vidrinho e estende a chave para Barrett. Na ponta, há um montinho de pó branco.

Ai! Barrett tinha a intenção de que aquilo fosse um presente de Réveillon para Andrew. Não imaginara usá-lo.

Mas o que estava pensando? De que trem havia saído recentemente, apalermado num terno de poliéster, para encarar o brilho da cidade? Claro que Andrew assumira que os dois fossem cheirar juntos. É o que as pessoas fazem.

Barrett hesita. *Não, obrigado* é a resposta simples e óbvia. Mesmo assim — sendo um cãozinho de estimação ansioso — não consegue se obrigar a recusar. Não pode se permitir ser tão... tão não Andrew.

Barrett se inclina, deixando que Andrew enfie meia chave em sua narina direita. Inspira.

— Mais forte — diz Andrew. Barrett inspira mais forte. A cocaína é potente e levemente anestésica; medicinal. — Agora a outra — comanda Andrew. Mergulha de novo a chave no vidrinho e a insere com delicadeza na narina esquerda de Barrett. Barrett inspira, mais forte.

Andrew faz mais dois montinhos de cocaína para si mesmo, um e depois outro. Inspira profundamente.

— Bacana — comenta.

Senta-se na beirada da cama de Tyler e Beth, como um nadador que chegou a uma boia. Barrett se senta a seu lado, cuidando para que seu joelho não roce o de Andrew.

Andrew diz:

— Eu estava precisando disso.

— Eu também — responde Barrett. Será capaz de dizer uma mentira, imitar alguém, em prol de um desejo desajuizado?

— Atenção, 2006 está chegando — diz Andrew.

— Está mesmo.

Barrett leva um instante para entender que está sentindo o efeito da cocaína. Tem um zumbido na cabeça, um zumbido que lembra... não exatamente abelhas, nada tão vivo; é como se o zumbido emanasse de uma flotilha de microscópicas bolas de aço cobertas de cerdas circulando em seu cérebro, espantando os pensamentos e deixando atrás de si apenas uma limpeza completa e latejante. Definitivamente medicinal. *Não vai ser agradável, mas há de fazer você se sentir melhor.*

Talvez, dessa vez, vá fazer Barrett se sentir melhor.

Andrew diz:

— Mais uma. Vamos, cara, é Ano Novo.

Ele pega mais um montinho. Barrett ergue a cabeça para recebê-lo. Teme não aparar direito, deixar escorrer tudo para o queixo, mas Andrew é preciso como um cirurgião, guiando a ponta da chave diretamente até a narina direita de Barrett e depois até a esquerda. Em seguida faz o mesmo no próprio nariz.

— Bacana — comenta.

— Muito bacana — ecoa Barrett, embora comece a ficar evidente que não há nada de bacana aí. As cerdas de aço prosseguem lixando. Dá para sentir, ele acha que dá para sentir, a superfície interna do crânio, destruída, um vazio branco que antes abrigava seu cérebro.

Barrett se ouve dizer:

— 2006 está prestes a ter um incrível começo, não?

É apenas a sua voz falando. Ele mesmo reside em um sepulcro craniano, um vazio remoto onde algum mecanismo estranho emite um ruído de broca, como o de dentes de metal roçando dentes de metal.

— Beth — diz Andrew. — Você está falando de Beth.

— Não. Estou falando de Michael Jackson se safando daquelas acusações públicas de molestar criancinhas.

Andrew vira a cabeça, olha sem entender para Barrett. Claro, ora. Andrew não entende. Andrew não é sarcástico. Para espanto de Barrett, porém, ele não parece se importar. Andrew, este é quem eu sou. Sou chegado a ironia e humor. Não sou uma grande beldade como você, mas também faço boa figura no mundo.

As cerdas de aço aplainaram seu egoísmo, seu desejo de ser desejado; tem apenas essa voz, que fala como um oráculo petulante de dentro do cofre que já foi sua mente.

— Brincadeira — explica. — Claro que estou falando de Beth.

— Sei disso, cara. O corpo é capaz de muita merda maluca.

— É, sim.

— E quer saber? Os médicos *não fazem ideia*.

— Os médicos fazem *alguma* ideia. Mas nem sempre estão certos. Ninguém está.

Barrett ouve a si mesmo, espanta-se com a própria capacidade de elaborar frases. O mecanismo é responsável por isso, a pequena e esquecida máquina de faxina que mora em seu crânio, funcionando como seus progenitores a programaram para funcionar.

— Se eu ficasse doente, procuraria um xamã — diz Andrew.

Uma mudança ocorre.

Barrett fica surpreso, mas impotente. Algum processo físico, uma certeza visceral, parece se anunciar. A atração de Barrett por Andrew começa a fenecer.

A mudança tem a ver, ao que tudo indica, com a palavra "xamã". Tem a ver com a insistência de Andrew nela, apesar do fato de que Beth se recuperou sem ter, sequer remotamente, cogitado procurar um xamã ou um vidente ou um curandeiro; tem a ver com a experiência singular, visionária, do próprio Barrett, que ocorreu a despeito do seu ceticismo; e com o som daquela específica palavra, "xamã", dita com o sotaque de New Jersey de Andrew; tem a ver com a possibilidade muito real de que Andrew não esteja totalmente seguro do que possa ser um xamã.

Barrett jamais gastou muito tempo imaginando um futuro para Andrew. Não existe um futuro possível capaz de incluir Barrett, razão pela qual era melhor, mais sexy, sonhar com Andrew apenas no presente.

Abruptamente, porém, está ocorrendo uma mudança. Barrett, no momento, não consegue ver coisa alguma *senão* o futuro de Andrew. Andrew, um devoto envelhecido do improvável, vivendo na pobreza, exercendo alguma atividade rústica, um assistente de mágico, perpetuamente solícito, se transformando num daqueles homens que acreditam ser mágicos por direito; que obtêm seus "fatos" sabe-se lá onde; que são bem-informados quanto à forma como o governo esconde aterrissagens de alienígenas em Roswell, mas não conseguem citar nominalmente seus senadores...

Andrew é uma ilusão.

Barrett soube disso o tempo todo, desde a primeira vez em que Liz apareceu com Andrew (ela o levou a uma sessão de cinema, será que foi de *Guerra nas Estrelas III*?) e Barrrett ficou de perna bamba assim que viu a beleza franca e despretensiosa do rapaz, a *nonchalance* com que ele a envergava, como se fosse a encarnação de algum ideal americano perdido — criado para o trabalho braçal, recém-cunhado, o rosto puro e desanuviado; Andrew, o descendente de gerações de homens que se embrenhavam de coração aberto em território desconhecido, em montanhas e florestas, enquanto os outros — os cautelosos, os inseguros, os que eram gratos pelo pouco que já possuíam — levavam a cabo suas várias atividades entre as pedras fuliginosas, atentos a poças e montes de esterco.

Andrew é um ideal, uma invenção, uma taça de ouro. Bilhões de dólares são gastos anualmente, por inúmeros membros da população, com base em quanto mais ou menos eles se parecem com Andrew, o filho de um sapateiro de Nova Jersey; Andrew que conseguiu tudo isso de graça.

Barrett pode sentir seu interesse minguando. Um equilíbrio foi alterado. Em dado momento, a ingenuidade de Andrew era a perfeição, o complemento lascivo para aquele corpo displicentemente perfeito. No momento seguinte, ela o transformou num garoto tolo que continuará tolo bem depois que o tempo tiver feito seu estrago no resto.

Barrett diz:

— Se você tivesse câncer estágio 4 de fígado e cólon, um xamã não poderia fazer merda nenhuma por você.

Andrew se inclina para a frente e olha avidamente para Barrett.

— Você não acredita em xamãs — diz, num tom avidamente (fogosamente) belicoso.

Será verdade, será possível, que Andrew tenha desenvolvido subitamente um interesse por esse novo Barrett, aquele que está perdendo o interesse por ele?

Sim. Qualquer outra resposta seria surpreendente.

— Não, eu acredito, sei lá, em quase tudo. No lugar certo na hora certa. Magia é ótimo, a magia é subestimada. Mas a magia não vai eliminar o câncer do seu corpo.

— Você não acha que foi isso que aconteceu com Beth?

Como exatamente deve Barrett responder?

Barrett fecha os olhos um instante, deixando que o cérebro se eletrifique, deixando que continue a sua faxina.

Então diz:

— Uma vez vi uma luz no céu.

Jamais contou a pessoa alguma. Como pode estar contando a Andrew?

Mas a quem mais iria contar? Que outra pessoa não o questionaria nem faria piadas sobre o assunto?

E esse novo e desonrado Andrew, esse Andrew sentado ali, tolo e mortal como inúmeros rapazes ao longo de inúmeros séculos...

— Vejo luzes no céu o tempo todo — atalha Andrew. — Meteoros, planetas, estrelas cadentes. Provavelmente um ou dois discos voadores.

Barrett diz:

— Era uma enorme luz esverdeada, meio como uma espiral. Eu vi acima do Central Park faz mais de um ano.

— Legal.

— Bom, sim, foi legal, mas também muito estranho.

— Não faltam merdas estranhas lá em cima. Você acha que conhece tudo que há lá em cima? Acha que temos tudo mapeado?

— Me deu a impressão... De viva. De certo modo.

— Estrelas estão vivas.

— Não era uma estrela.

— Bonita?

— Sim, bonita. E meio terrível.

— Hã?

— Poderosa. Enorme. E aí sumiu de novo.

— Parece muito legal.

Barrett deveria parar de falar agora. Deveria parar de falar. Ele diz:

— Tenho ido à igreja.

— Olha só. — Pelo seu tom de voz, Andrew aparentemente não acha estranha nem trivial a informação. No País das Maravilhas, os costumes são desconhecidos, mas não repulsivos. Alice simplesmente vaga por esse território, educada e bem-comportada.

Barrett diz:

— Eu não rezo. Não fico de pé nem me ajoelho. Não canto. Apenas fico ali sentado, algumas vezes na semana, num dos últimos bancos.

— As igrejas são bonitas. Isto é, a religião organizada é uma droga, mas as igrejas têm algo de sagrado.

— Essa não. É um bocado sem graça. E somos só eu e uma dezena de velhotas que sempre se sentam lá na frente.

— Hã, hã.

— Ninguém fala comigo. Achei durante algum tempo que, depois de uma cerimônia, um dos padres viria falar comigo e dizer algo do tipo "O que o traz aqui, filho?". Mas esses caras são velhos, só estão fazendo o trabalho deles e, sei lá, pensam em entrar debaixo das batinas dos coroinhas depois que todo mundo for embora.

Andrew ri maliciosamente. E pergunta:

— Então por que você vai lá?

— É tranquilo. Tem um clima, mesmo essa velha igreja sem graça. Só fico ali sentado imaginando se alguma coisa vai... Vai surgir.

— E já surgiu?

— Não. Ainda não.

— Vocês estão aqui.

Barrett abre os olhos. É Liz, de pé à porta do quarto, uma reprise da entrada de Andrew no quarto de Barrett vinte minutos antes. No fim da vida, será que Barrett há de se lembrar de gente de pé à porta, depois de encontrá-lo em seus diversos refúgios?

Andrew diz:

— Oi.

— Faltam onze minutos para a meia-noite — avisa Liz, que entra no quarto.

— Quanta *merda* tem aqui — diz ela.

— Tyler e Beth são colecionadores — explica Barrett.

— Tyler e Beth são pirados.

Liz se aproxima da cama, acomoda-se ao lado de Andrew que se afasta para lhe abrir espaço. Ali, agora, roçando as costelas de Barrett, estão o ombro direito e a protuberância do quadril direito de Andrew.

É sexy. Claro que sim. Mas agora que a devoção de Barrett se esvaneceu, Andrew está se transformando de divindade em astro pornô. Barrett se sente aliviado e triste. Um barco está partindo. Barrett olha para a cúpula do abajur, com seus barcos a vela pintados, a pintura lascada em alguns lugares.

Andrew pergunta a Liz:

— Quer dar uma cheiradinha?

— E de quem seria a cocaína? — indaga ela.

— Sei lá.

— De Tyler — esclarece Barrett.

— Achei que Tyler tinha parado com a cocaína.

— Achou errado, ao que parece.

— Não importa. Por acaso Tyler disse "vão ao meu quarto e sirvam-se do meu estoque particular?".

— Olha só, Lizzie — intervém Andrew —, é uma festa, é Réveillon.

— Ponha onde achou.

Barrett diz:

— Tudo aqui é propriedade em condomínio, de Tyler, de Beth e minha.

— As drogas, não. Nunca se pega as drogas de alguém sem ser convidado. Botem de volta onde encontraram, já.

Andrew entrega o vidrinho a Barrett, que abre a gaveta da mesinha de cabeceira e o joga lá dentro.

Para Barrett, Liz insiste:

— Você não é chegado a essa merda.

— Ah, é uma festa. É Réveillon.

Andrew diz:

— Barrett estava me contando de uma luz que ele viu no céu uma vez. No Central Park.

Claro que Andrew não iria ter noção de confidencialidade. O que poderia ele imaginar que tivesse que ser mantido em segredo?

— Uma luz? — pergunta Liz.

Cuidado. Liz faz perguntas. Liz não tem inclinação para o miraculoso ou o inexplicável.

— Não ouça o que eu digo, não no momento — atalha Barrett. Não faço ideia do que estou falando.

Andrew diz:

— Era um grande globo. Bonito e poderoso.

— Barrett disse a você que viu uma luz no céu — afirma Liz para Andrew.

— E o Pé Grande — intervém Barrett. — Vi o Pé Grande na Terceira Avenida. Estava entrando num Taco Bell.

Liz aperta os lábios, olha rapidamente para o teto e depois para Barrett.

— E como era essa luz? — indaga.

Barrett respira fundo, como se estivesse prestes a mergulhar a cabeça debaixo d'água.

— Meio cor de água-marinha clarinha.

Liz continua a encarar Barrett. Seu rosto assume uma expressão de escrutínio, como a de um detetive desconfiado de que Barrett esteja mentindo sobre o próprio paradeiro na noite de um crime.

— Vi uma luz uma vez — diz ela. — Lá no alto do céu.

— Você está brincando.

— Faz anos.

— Onde? Sim, no céu, eu sei...

— Eu estava no meu telhado. Era início do verão. Eu morava no Lower East Side nessa época, trabalhava na loja de Joshua. Ia me deitar e fui até o telhado para fumar um baseado antes. Na verdade, pensando bem, acho que tinha ópio misturado.

— Como era a luz? — indaga Barrett.

— Acho que eu diria que era um disco. Ou um globo.

— Cor de água-marinha clara?

Liz dá uma gargalhada com um estranho subtom de amargura.

— Eu diria azul-petróleo. Trabalho com varejo, não vejo água-marinha.

— Me fale mais da aparência dela.

Liz nivela o olhar com o dele, é uma mulher paciente, uma mulher suficientemente cautelosa com homens ardentes em excesso para ter optado por adotar a ironia em lugar da irritação.

— Era uma bola de luz flutuante engraçada — diz. — Tinha um quê de doce.

— *Doce?*

— É. Eu acho. Tipo um satélite da década de 1950. Uma coisinha luminosa ultrapassada vinda de uma outra época em que sua aparição seria um prodígio.

— Não é como a luz que eu vi.

— Bom, então parece que vimos luzes diferentes.

— Você sentiu alguma coisa? Quero dizer, o que você pensou quando viu?

— Pensei: nossa, essa erva é boa de verdade, preciso me lembrar de quem comprei.

— Só isso?

— Basicamente.

— O que aconteceu depois?

— Acabei de fumar, voltei ao apartamento, li um pouco e dormi. Na manhã seguinte, fui trabalhar. Você se lembra de como o Joshua era um pé no saco, não?

— Você não se perguntou o que era aquilo, a luz?

— Achei que fosse algum tipo de gás ou coisa do gênero. O universo não está cheio de elementos gasosos?

Andrew diz:

— É. Tem gases e neutrinos e essa merda que chamam de matéria escura.

— E você seguiu com a sua vida? — pergunta Barrett a Liz.

— O que você queria que eu fizesse, ligasse para o *National Enquirer*? Eu estava chapada, vi uma luz, e depois ela sumiu de novo.

Ele pergunta:

— Aconteceu alguma coisa depois?

— Não, já falei. Não aconteceu nada.

— Talvez não imediatamente depois.

— Isso faz anos, coisas acontecem o tempo todo.

— Pense.

— Você está me assustando um pouco.

— Vamos lá. Pense. Me faça essa delicadeza.

— Hummm. Certo. Encontrei um sapato Jimmy Choos no T.J. Maxx, o que é praticamente um milagre, não?

— Vamos lá.

— Você está bem chapado, hein, meu bem?

— Um pouco.

— Você nunca fica chapado.

— É Réveillon.

— Okay \ concorda Liz. — Vou fazer seu jogo. Vejamos... Faz no mínimo uns dez anos.

Pausa.

— O que foi?

— É ridículo.

— O que é ridículo?

— Foi no ano, ao menos acho eu, em que a minha irmã voltou.

A irmã caçula raramente mencionada. Barrett conhece apenas vagos detalhes, após uma amizade de dez anos com Liz.

— Continue — diz ele.

— É bobagem.

— Continue.

Outra pausa.

— Ela largou a medicação. E um dia simplesmente... Sumiu. Durante quase um ano.

— Você me contou. Eu acho.

— Não falo muito dela.

— Eu sei. Sei disso.

— Não sei exatamente por quê. Certo, acho que porque é óbvio que é hereditário e eu tenho medo de que aconteça comigo. Piração, não? Como os gregos que não falavam do deus do mundo inferior por medo de serem ouvidos por ele.

— O que é hereditário? — indaga Barrett.

— Bem... Esquizofrenia. Só apareceu depois que ela fez 23 anos. Ela foi a menina mais inteligente e encantadora do mundo. Estava tudo bem com ela, tudo bem. Entrou na faculdade de Direito, conseguiu um estágio na ACLU, o que, não sei se você sabe, é difícil à beça de conseguir. Então teve esse surto. E virou outra pessoa. Praticamente tudo a deixava paranoica e ansiosa e com umas ideias loucas sobre complôs corporativos e pelotões de homicídio e, ah, bom, ela... Ela mudou. Simplesmente virou... virou outra pessoa. Precisou largar os estudos e voltou a morar com nossos pais.

Andrew diz:

— O nome dela é Sarah.

— Sim, esse é o nome dela — confirma Liz. — De todo jeito, passou a tomar remédios e isso ajudou, mas não muito. Fez dela uma imitação melhor de quem era antes. Mas foi como se Sarah tivesse morrido e sido substituída por uma espécie de clone.

— Vejo clones diariamente — diz Andrew. — Por todo lado.

— Ela odiava os remédios, todos odeiam, porque deixam a gente zonza e engordam e matam por completo o apetite sexual. Então, um dia, sem nos dizer, parece que ela parou de tomar. E foi embora. Um dia. Quando por acaso papai e mamãe saíram de casa por algum tempo.

— Ela foi embora — diz Barrett.

— Foi embora. Não conseguimos achá-la. Tentamos de tudo. De início procuramos na cidade e depois ligamos para a polícia e colamos avisos em todos os lugares. Ela estava totalmente fora de si, era uma garota bonita de 23 anos, quem sabe o que poderiam fazer com ela?

— As mulheres são meio fodidas neste mundo — diz Barrett.

— Ela tinha levado algum dinheiro, sabíamos disso. Gostava de ter dinheiro, tirava da bolsa da mamãe, que não ligava. Não sabíamos nem ao menos quanto, mas provavelmente o suficiente para uma passagem de ônibus para algum lugar. E passado um mês mais ou menos achei que a nossa mãe ia morrer. Literalmente. Sarah sumiu em dezembro. Se não tivesse sido estuprada e morta, podia estar congelada em qualquer lugar, podia estar morrendo de fome.

Faz-se um silêncio. O quarto se fecha em torno deles, unicamente sombras e ameaças.

— Eu ia à casa dos meus pais — prossegue Liz — e via minha mãe sentada imóvel. Numa cadeira na sala. Como se estivesse, sei lá, numa sala de espera, esperando uma consulta médica ou coisa assim.

— E o seu pai?

— Desnorteado também. Mas era o mesmo homem de sempre. Continuava a fazer coisas na casa. Consertos. Como se achasse que, se a casa estivesse com melhor aspecto, Sarah talvez voltasse. Eu sabia, eu achava que sabia, que se Sarah... Se Sarah nunca voltasse, nosso pai acabaria se virando. Ferrado, claro, mas sobreviveria. Eu não podia dizer o mesmo da nossa mãe.

— Você achava que ela se mataria?

— Não, eu achava que ela... Achava que ela sumiria. Aos pouquinhos. Cedo ou tarde se faria alguma doença, algo que os médicos não seriam capazes de diagnosticar.

Andrew diz:

— As pessoas fazem isso. Adoecem por causa da vida.

Liz, a paciência finalmente esgotada, lhe lança um olhar severo, professoral. *Se você não sabe as respostas, talvez seja melhor apenas escutar.*

Barrett diz:

— O que aconteceu depois?

— Aconteceu que uns cinco meses depois bateram à porta e lá estava ela. Com uma aparência horrível. Pesando uns 45 quilos, com piolhos e usando roupas que outros tinham jogado no lixo. Mas estava lá. Uma noite. Do nada.

— Que coisa.

— Pareceu tão impossível! A gente tinha esperança, claro que sim, mas vínhamos treinando a ideia de que... De que ela não estivesse mais viva. Então, uma noite, ela aparece.

— Para onde tinha ido?

— Na verdade nós não sabemos. Ela falou qualquer coisa sobre Minneapolis, falou qualquer coisa sobre South Beach, mas acontece que tinha desistido de uma faculdade de Direito em Minneapolis antes de ter o surto e havia estado em South Beach no ano anterior, de férias. Jamais soubemos o que houve de verdade. Era difícil dizer se ela se lembrava de onde tinha estado.

— Mas voltou para casa.

Liz assente, séria. Como quem concorda com um veredicto duro, porém inevitável.

— Sim, voltou para casa.

— O que foi de certa forma um milagre.

— Eu não rezo — atalha Liz. — Não acredito em Deus.

— Sei disso.

— Mas durante algumas semanas depois da volta de Sarah confesso que não parava de fazer um agradecimento silencioso a qualquer pessoa que tivesse dado a ela um dólar, qualquer pessoa que tivesse deixado que ela dormisse no seu hall de entrada, qualquer pessoa que tivesse dado a ela o que quer que fosse. Desde então, sempre dou um dólar a qualquer um que peça.

— Isso foi depois que você viu a luz.

— No mínimo uns três meses depois.

— Ainda assim.

— Está bem, certo, sacana, em ordem cronológica estrita, foi depois que eu fiquei um bocado chapada com uma erva de ótima qualidade e achei ter visto uma luz boazinha. Você acha honestamente que existe uma ligação?

— Não tenho certeza. Vivo me perguntando.

— Bom. É bom, muito bom, que ela esteja em casa, segura. Mas não está *melhor*. Voltou a tomar remédios. Está gorda e letárgica e vive no seu quarto antigo. Joga videogames.

— Melhor do que morta em Minneapolis.

— Mas é um milagre meio de merda, você não acha?

Andrew diz:

— Faltam três minutos para a meia-noite.

— Não estou realmente pensando em milagres. Estou pensando, sei lá, em presságios.

— Dois minutos e cinquenta segundos — insiste Andrew.

— Volte para a sala e avise a todo mundo. Eu vou daqui a um segundo — pede Liz.

— Você vai estar lá para a contagem regressiva?

— Com certeza. Vai, anda.

Andrew se levanta, obediente, da cama e sai do quarto. Agora, Liz e Barrett estão lado a lado na cama.

— Faz diferença? — indaga Liz.

— O quê?

— Um presságio. Algo no gênero.

— Você tem de concordar que é interessante.

— Meu bem, estou mais para achar que é uma puta baboseira.

*

Tyler e Beth escapuliram para a cozinha para curtir um momento de privacidade. Abraçam-se, encostados à bancada.

Beth diz:

— Já estamos quase no ano novo.

— Já. — Tyler afunda o nariz na curva do pescoço da esposa. Inspira seu aroma tão profundamente quanto costuma fazer com a cocaína.

Há um cisco em seu olho, do qual ele tenta se livrar piscando — não pode afrouxar seu abraço, não agora, para tirá-lo com a mão.

— E o mundo não se acabou — diz ela.

— Não para alguns de nós.

Ela o aperta mais de encontro a seu corpo.

— Não comece — sussurra. — Não esta noite.

Tyler assente. Não vai começar. Não esta noite. Não fará discursos sobre as prisões secretas da CIA na Polônia e na Romênia, sobre os grampos telefônicos ou sobre o fato de o próprio Bush admitir agora a morte de trinta mil civis iraquianos desde o começo da guerra, guerra esta contra um país que, para começar, não atacou os Estados Unidos.

Tyler diz, baixinho, no ouvido de Beth:

— Encontraram DNA de mamute na Inglaterra.

— Então eles podem criar de novo um mamute?

— Provavelmente isso é um pouco prematuro. Digamos que eles jamais poderiam criar de novo um mamute *sem* DNA de mamute.

— Isso seria incrível. Imagine!

— Absolutamente incrível.

— Mas ele ficaria num zoológico, não é mesmo?

— Não. Iriam querer estudá-lo no habitat natural. Construiriam uma reserva mamute para ele. Provavelmente em... Na Noruega.

— Bacana — diz Beth.

— Sabe o que mais?

— O quê?

— Em Fiji as leis antissodomia foram derrubadas. Agora já se pode ser gay por lá.

— Que ótimo.

— E...

— Diga.

— A Princesa Nori do Japão se casou com um plebeu e abdicou do trono.

— Ele é bonito?

— Nem tanto. Mas tem um coração de ouro e gosta dela mais do que tudo na vida.

— Isso é melhor ainda.

— Claro que sim.

Da sala vem a voz de Ping:

— Falta um minuto para a meia-noite!

Beth diz:

— Vamos ficar aqui, está bem?

— Alguém vai nos encontrar.

— Aí a gente manda ir embora.

— Com certeza.

Inesperadamente, Tyler começa a chorar. É um choro seco, silencioso, mais como se sufocasse nas lágrimas do que as derramasse.

Beth diz:

— Tudo bem amor, tudo bem.

Tyler se deixa abraçar. Não consegue falar. Está surpreso por esse súbito ataque. Tem medo, claro que tem medo, por conta de Beth

— uma remissão tão inesperada, tão inexplicável, pode ser revertida tão misteriosamente quanto se instalou. Ambos sabem disso. Conversaram a respeito uma vez e concordaram em não tocar mais no assunto.

Ele chora, também, por causa da música que cantou para Beth mais de um ano antes. Por que não consegue esquecer (que dirá perdoar) o fato de que não era uma boa canção, apesar das afirmações de todo mundo de que foi sua melhor composição? Certo, tudo bem. Foi sincera, decerto provocou lágrimas, mas Tyler sabia, ele sabia, que era mais sentimentaloide que tocante. Suas próprias falhas o derrotaram. Franze a testa, tentando recordar: *neve em meu coração* ficara, porém sem nenhuma menção a gelo; talvez houvesse ainda (ele se obrigou a esquecer os detalhes) *nossa romântica viagem* rimando com o *cocheiro invisível da velha carruagem*. Sabe que lhe faltou tempo, que lhe faltou talento, e que produziu uma balada, uma baladinha bacana, apropriada à ocasião, satisfatória para todos os presentes, mas não uma criação esculpida em bronze; não uma canção que fundisse amor e morte, que pudesse ser cantada mesmo depois que os próprios amantes voltassem ao pó. Uma canção correta. Naturalmente foi recebida com euforia, mas mesmo enquanto a cantava, enquanto Beth, de pé, tremia (frágil, então, a pele do mesmo tom branco leitoso do vestido de seda), nas nuvens, ardendo de amor por ele, Tyler soube que era um menestrel, com a testa adornada não por uma coroa de ouro ou de louros, mas por um chapéu com uma pluma; apto a cantar o amor porque fazia isso por encomenda nos quatro cantos do país; convincente devido à prática, tão acostumado a fingir romance para estranhos que àquela altura não se sentia capaz de outra coisa *senão* fingir, mesmo quando os sentimentos eram seus. A linguagem musical de falsidade convincente se tornara a única linguagem em que cantava.

A canção foi elogiada, como era de esperar. Mas o cantor sempre sabe.

Tyler chora por vários motivos, entre os quais seu próprio fracasso, um fracasso do pior tipo, um fracasso secreto, já que todos insistem que sua canção de amor para Beth foi seu divisor de águas, que ele conseguiu, afinal, encontrar o tesouro que procurava.

— Tudo bem — repete Beth.

Tyler não tirou o cisco do olho. As triviais distrações da carne...

Da sala vem:

— Vinte, dezenove, dezoito...

*

Na sala, um nervosismo infantil. Onde está todo mundo? Sobraram apenas Ping, Nina e Foster.

Foster, de olho no relógio de bolso, diz:

— Dezessete, dezesseis...

Onde, pergunta-se, estará Tyler?

Ping pergunta, em silêncio, *Foster, será que esta noite é a noite?*

Nina diz a si mesma: *Sinto muito, Stephen, não sei o que eu estava pensando. Vou ligar para você depois da meia-noite.*

— Quinze, quatorze, treze...

Andrew chega, com seu andar empertigado, aquela coisa simiesca. Por que ainda está aqui? Como é que Liz aguenta?

Não há como negar que ele é um tesão. Não tem consistência, e ela gosta de comandar o espetáculo. Finalmente está pirando por causa da idade. Ele deve ter um pau incrível. É uma coisa maternal, ela devia ter tido um filho. Concluiu que um desses caras é exatamente como qualquer outro, por que continuar a trocar? Ele é tesudo, muito tesudo. Deve matá-la de tédio. Será que ela sabe que fica ridícula com ele? Deve estar se cansando. Talvez ele seja diferente quando os dois estão a sós.

— Doze, onze, dez...

Ping diz:

— Cadê a Liz?

— Está vindo — responde Andrew.

Foster está pronto, não é mais criança. Eu o amei durante tanto tempo. Por que eu disse aquilo para o Stephen? Preciso aprender a me controlar. Tyler, cadê você? Por que eu fui dizer aquilo... Não é mais criança... Cadê você?

— Nove, oito, sete...

*

No quarto, Liz se vira para Barrett:

— Não ficamos felizes de encontrar drogas na gaveta de Tyler, ficamos?

— Não, não ficamos.

— Você vai falar disso com ele?

— Acho que sim. Quer dizer, tenho de falar, certo?

— Me parece ser tarefa sua — Ela se fecha em copas, cruza os braços sobre o peito.

— Nós dois vimos uma luz — diz Barrett. — Você e eu.

— Um avião. Uma baforadinha de gás cósmico.

— Acho que não.

— Que mais poderia ser? — pergunta Liz.

— Seis, cinco, quatro...

— Devíamos voltar para a sala — diz ela.

— Sei disso.

Os dois ficam onde estão.

— Três, dois...

Barrett lança um olhar suplicante para Liz.

— Um.

*

Tyler e Beth se beijam, avidamente. Durante o beijo, Tyler respira na boca de Beth e, ao mesmo tempo, a inspira. Os dois trocam algum tipo de energia, ele não sabe ao certo se está soprando sua própria saúde no corpo dela ou sugando a saúde milagrosamente restaurada de Beth para o seu. Não importa. Tyler conclui que não importa. Os dois são um só, estão ali, é 2006.

*

— Opa — exclama Liz. — Meia-noite!

— Feliz Ano Novo.

Ela e Barrett se inclinam e trocam um beijo casto.

Ele diz:

— Você percebeu que a sua primeira palavra do Ano Novo foi "Opa"?

— Acho que é mais um presságio — responde ela.

*

Ping e Foster e Nina se beijam, impulsivos como crianças. Feliz Ano Novo! Os três se abraçam, enquanto o som de gritos e fogos sobe das ruas. Andrew fica onde está. Nina (*por que sempre eu, por que todo mundo deixa a mulher fazer isso?*) faz sinal para que ele se junte ao trio.

— Feliz Ano Novo, Andrew — diz ela.

— Feliz Ano Novo — ecoa ele, com a cordialidade neutra e emburrecida de um comissário de bordo. E fica onde está, próximo à entrada do corredor.

Por que será que ainda estou aqui?

*

Liz:

— Acho melhor eu ir atrás de Andrew.

— Também acho.

Menos de um instante depois, porém, Andrew aparece, movendo-se no quarto atopetado como Godzilla em Tóquio. Não está, contudo, zangado; não parece zangado. Apenas se move em linha reta, sem hesitar.

Liz fica de pé.

— Feliz Ano Novo, amor — diz. Os dois se beijam. A mão de Andrew segura a bunda de Liz.

— Feliz Ano Novo para vocês dois — diz Barrett, já de saída.

Andrew estende a mão sem olhar, encontra a de Barrett e a aperta. Passa a impressão de que ele possui aquela graça, aquela delicadeza, e a oferece.

Ocorre a Barrett: Andrew esperou, certo? Ele sabia, conclui, que Barrett e Liz precisavam de um tempinho, mesmo enquanto rolava a meia-noite.

As pessoas são mais do que supomos que sejam. E são menos, também. O truque reside em lidar com ambos os aspectos.

*

Barrett passa pela cozinha a caminho da sala. Tyler e Beth estão transando. Será que deveria se mostrar discreto? Não, dane-se, ele é da família, é o marido substituto de Beth, tem o direito de interromper.

— Feliz Ano Novo — diz.

Os dois se separam, levemente assustados, como se surpresos por se descobrirem nessa cozinha, nesse mundo.

— Feliz Ano Novo, neném — diz Beth. Ela vai até Barrett, envolve com os bracinhos finos os ombros do cunhado e lhe dá um beijo de verdade.

Tyler também se aproxima, e abraça os dois, com Beth no centro, imprensada entre os irmãos. Barrett se dá conta mais que nunca do aspecto diáfano da esposa, da sua fragilidade teimosa. Nesse momento, Beth é uma ratinha branca, um animalzinho de estimação, ternamente protegida, mas protegida, ainda assim, por dois homens que poderiam esmagá-la se assim quisessem. Barrett pode jurar que a sente estremecer, como faria um ratinho preso nas mãos de alguém — aquele tremor passageiro que faz parte do ser físico de um ratinho: devido a um perpétuo estado de temor cauteloso (trata-se, afinal, de uma presa para outros animais), mas também ao simples fato de sua pequenez, de um coração apressado do tamanho de uma amora.

Barrett diz a Tyler:

— Se você falar em "abraço coletivo", quebro a sua cara.

Tyler estende a mão, passa os dedos no cabelo de Barrett. Beth fica entre os dois em silêncio, balançando-se de leve de um lado para o outro. Ergue a cabeça, encosta a parte de trás do pescoço no peito de Tyler. Seus olhos estão fechados.

Barrett pode senti-la invocando algo. É palpável. Transpira na sua pele. Ela diz:

— Entrei na morte.

— Não — refuta Barrett. — Você não fez isso.

Beth não abre os olhos. Parece prestes a entoar uma ladainha, um discurso há muito decorado que precisa agora, finalmente, ser verbalizado.

— Não digo que para valer — prossegue ela. — Mas alguma coisa mudou.

— Linguagem terrena, por favor — diz Barrett.

— Okay. Durante muito tempo, fui uma pessoa doente. Então... Então houve algum tipo de mudança.

Por um instante, a respiração de Tyler é o som mais alto no cômodo. Beth diz:

— Uma espécie de mudança. Bom. Eu comecei a morrer. Embarquei em alguma coisa. E mudou. Eu continuava doente. Continuava a me sentir muito mal. Mas... Eu me sentia uma pessoa saudável que ficou doente. Então, eu estava doente. Não consigo me lembrar de ser diferente disso. Era como se a luz começasse a se apagar. Como quando se apaga a luz numa casa para todos irem dormir.

Ninguém fala. Será que alguém devia fazer uma pergunta?

— Qual era a sensação? — indaga Barrett.

— Nada boa. Mas não exatamente ruim, também. Era como... como uma espécie de lusco-fusco. Não fazia grande diferença ser bom ou ruim. Essa não era, de fato, a questão.

Ela continua a descansar a cabeça no peito de Tyler. Seus olhos permanecem fechados.

— Lusco-fusco — diz Barrett, porque com Tyler, ao que parece, não se pode contar nesse momento.

— Isso faz sentido? — pergunta Beth.

— Algum.

— Quero que vocês saibam. Que não era assim tão horrível. Quero que vocês saibam disso.

— Sabemos — diz Tyler.

— Porque — prossegue Beth — não resta muito tempo.

— De vida, você quer dizer? — intervém Barrett. — Para nenhum de nós?

Ela balança a cabeça de leve, de um lado para o outro, de encontro ao potente e musculoso peitoral de Tyler.

— Sim — diz ela. — Acho que é isso.

*

À meia-noite e dez estão todos na sala, perguntando-se o que fazer a seguir.

Foster grita:

— Previsões para 2006!

O que é, naturalmente, um erro. Todos se esforçam para não olhar para Beth.

Beth diz, sem hesitar:

— Prevejo uma grande noite hoje.

Todos erguem seus copos. Há brindes e congratulações.

Sim, pensa mais uma vez Barrett, é por isso que Tyler ama você tanto. É mais uma das velhas histórias, reprisada: a garota simples que ascende a esse ou aquele trono e se torna lendária, em parte por levar bondade e outras virtudes humanas comuns a um reino mais comumente governado com desonestidade, crueldade mesquinha e devastadora.

Faz-se um silêncio. O desconforto não passou ainda.

Foster frita os próprios miolos, imaginando se é capaz de prover algo para contrabalançar sua falta de jeito ou se falar de novo só irá piorar tudo. Tyler deve considerá-lo desatencioso e cínico, agora. Tyler jamais permitirá aquela hora de abandono...

Tyler diz:

— Prevejo que John Roberts vai receber instruções do próprio Deus para ser um homem melhor. Os direitos humanos florescerão. Mulheres e gays e gente de cor deixarão de se afligir. Haverá dança nas ruas de toda a nação.

Mais aplausos e hurras, mais um brinde.

Pela primeira e possivelmente pela última vez na vida, Tyler deixou uma sala cheia de gente agradecida por sua insistência implícita em que ninguém, salvo ele próprio, leva as coisas suficientemente a sério; pelo hábito que lhe granjeou o apelido de Senhor Sem Graça (que o faz sentir, toda vez que o escuta, simultaneamente vergonha e orgulho).

Barrett diz:

— Prevejo que o preto *ainda* há de ser o novo preto.

Liz acrescenta:

— E o rosa será sempre o azul marinho da Índia.*

Barrett passa um braço pelos ombros de Liz. Ela planta um beijo rápido em sua bochecha. Os dois não perderam, graças a Deus, a capacidade de serem triviais.

---

* Em inglês *Pink will always be the navy blue of India*, título de uma exposição de fotos de Norman Parkinson sobre a India. (N.T.)

A festa se desmancha. Foster, Nina è Ping saem ao mesmo tempo, como se existisse algum entendimento claro, mas não expresso, compartilhado pelo trio, de que o momento da partida chegou. O sino tocou, as carruagens chegaram, e ninguém quer ser aquele que se demora além da hora; que ignora a dica; aquele de quem poderá ser dito, assim que se fechar a porta, *Achei que ele nunca fosse embora.*

Foster, Ping e Nina se despedem uns dos outros, lá fora, na Knickerbocker. *Feliz Ano Novo, querido, eu te amo, foi uma noite maravilhosa, você ganhou o prêmio de melhor chapéu, cuidem-se. Amanhã eu ligo.*

Nina toma uma direção. Ping e Foster, a oposta.

Nina parte para o Red Hook, a fim de ver se consegue consertar as coisas com o namorado (*Amor, entrei em pânico, acho que estou me apaixonando por você e isso me assusta, você sabe como eu me sinto sobre perder o controle*), o que os manterá juntos por mais uns dois meses, até Nina se apaixonar por um cirurgião que vai conhecer na Barneys (*Nina, a direta e audaciosa: "Meu bem, eu não quero ser enxerida, mas não compre esse suéter, gente branca nunca deve usar amarelo"*); um homem obediente quanto ao suéter, mas que jamais lhe obedecerá outra vez; um homem tão seguro de que Nina é bonita, mas tão pouco qualificada em qualquer seara de pensamento e ação que não envolva acessórios (*essa é a minha Nina, ela tem setenta pares de sapatos. Imagine quanto ela paga para cortar o cabelo*), que ela guardará para si a maioria de suas opiniões quando questionada (*ah, bom, eu realmente não entendo grande coisa a esse respeito*); deixará o cabelo crescer (*uma mulher de cabelo comprido é mais sexy, viu?*) e ganhará uns quilinhos (*mulher deve ter bunda*); Nina se afastará dos amigos (*aquele bando de coitados*), irá morar com o cirurgião num prédio com porteiro no Upper West Side.

Ping vai acompanhar Foster até o metrô, se despedirá dele com um beijinho rápido em cada bochecha, ao estilo francês. Enquanto Foster descer as escadas do metrô, Ping vai imaginá-lo a caminho de uma discoteca à la Kubla Khan: uma gruta pulsante (por algum motivo, na cabeça de Ping a pista de dança é rodeada por um fosso azul cheio de água cristalina, onde garotos bonitos flutuam languidamente em pequenos barcos prateados). Depois de perder Foster de vista, Ping chamará um carro de aluguel (sentindo-se levemente culpado pelo fato de poder pagar por isso). O castigo merecido, porém, não tarda: o carro levará quase quarenta e cinco minutos para chegar. O atendente lhe recordou o engarrafamento devido ao Réveillon, mas, ainda assim, *quarenta e cinco minutos?* Enquanto aguarda na Morgan Avenue, erma como certos bairros da periferia da Cracóvia devem ser, mesmo nessa noite de grandes comemorações, Ping há de pensar, com crescente carinho, à medida que o tempo passa e o carro não chega, em seu apartamento pequeno, mas confortável, na Jane Street (*por que alguém escolhe Bushwick para morar?*) e verá uma sacola de plástico com os dizeres *Merry Xmas* passar voando, soprada pelo vento; vai se sentir como o viajante cansado que é, ansiando pela própria cama (uma cama-bateau do final do século 19, comprada por uma ninharia naquele lugar em New Bedford); pelo abajur árabe cravejado de pedras preciosas aceso; louco para ler Jane Bowles. Ficará agradecido pela pequena fortuna que lhe coube. Dirá a si mesmo que tem sorte, que é um abençoado.

Foster irá a uma discoteca, um salão enorme de paredes negras, que de forma alguma se parece com a visão de Ping de fecundidade etérea; um salão escuro cheio de homens dançando, sem camisa, ao som de *house music*. Foster, ainda muito contrariado por ter perdido sua chance com Tyler, vai escolher um garoto fácil e inconsequente chamado Austin, um homem-menino, de aparência faminta, ávida, e cara de raposa, que ninguém consideraria um prêmio. É uma punição que Foster se autoimpõe. Que tornará tudo ainda mais surpreendente quando, na manhã seguinte, o rapaz mencionar seu sobrenome — Mars.

Trata-se do herdeiro de uma fábrica de chocolates. O que continuará a surpreender Foster, embora com intensidade cada vez menor, quando, dez anos mais tarde, ele se vir morando com Austin Mars num haras na Virginia.

*

Não muito depois da partida de Ping, Nina e Foster, Liz e Andrew vão embora também. Tyler e Beth se sentam juntos no sofá, o grande e velho sofá matronal, único remanescente de Tyler e Barrett dos bens herdados da mãe (o pai levou praticamente todo o resto quando se mudou para Atlanta). O sofá está coberto por mantas e tapeçarias indianas (ninguém quer saber em que estado se encontra o estofado gasto, cor de cadáver). O sofá, em sua decrepitude, recebe, abraça, cede sob o peso de quem nele se senta.

Barrett diz:

— O que vocês estão achando de 2006 até agora?

— Parece legal — responde Tyler.

— Nada terrível aconteceu ainda.

— Não a nós — diz Tyler. — Não aos brancos donos de um apartamento e um fogo crepitando na tevê...

Beth leva um dedo aos lábios do marido.

Ele para de falar.

Barrett entenderá, depois, por que aquele momento, aquele mínimo gesto, soa revelador. Vai demorar algum tempo para tanto.

A percepção ainda por vir: Tyler é de Beth agora. Agora que Beth recuperou a saúde, os dois são um casal num sentido diferente do que eram antes, quando Beth estava morrendo. A Beth que estava indo embora, a Beth que exigia mais e mais atenções e cuidados, havia sido tanto de Tyler quanto de Barrett: sua heroína vacilante, a princesa fugitiva reivindicada, hora a hora e dia a dia, pela feiticeira da qual pensara ter escapado.

Tyler e Barrett foram seus servos. Ambos formavam o Time Beth.

Mas agora, nessa noite, o Réveillon de 2006, Beth declarou ser a esposa de Tyler e o fez pelo meio mais simples e econômico: pôs um dedo nos lábios dele e o calou.

O que Tyler não permitiria, não poderia permitir, que Barrett fizesse.

Tyler nunca foi silenciado por Barrett. Não faz parte do pacto de fraternidade de ambos. Os dois têm permissão para discutir sem cessar, o que pode ou não levar a uma briga. Tudo bem se atropelam a fala um do outro, se gostam de confrontos, provocações, se refletem e acabam concordando, mas Beth pode pôr um fim a isso, com um dedinho, tão facilmente como apaga um abajur.

E é a tarefa de Beth agora falar com Tyler sobre a recaída no vício das drogas. Tornou-se sua seara; não é mais um dever que cabe a Barrett cumprir. Barrett e Tyler não são mais casados.

Essas ideias virão depois. Agora, no sofá, pouco menos de uma hora após a chegada do Ano Novo, tudo que Barrett sabe é que precisa se levantar, dar um beijo de boa noite nos dois e ir para a cama no próprio quarto.

— Boa noite, meus amores.

— Boa noite, meu querido.

— Bons sonhos.

— A gente se vê no novo amanhã.

— Vejo você no inferno, filho da mãe.

— Boa noite, boa noite, boa noite.

*

Depois que Barrett vai para a cama, Tyler diz a Beth:

— Esta é a nossa única resolução de Ano Novo. Até 2007, sairmos desta pocilga.

— Vai ser legal mudar — diz Beth. — Mas estou bem aqui. Gosto deste lugar.

— Mas imagine alguma coisa menos lúgubre.

— Quem não quer uma coisa menos lúgubre?

— Imagine não ter mais teto acústico. Não ter mais carpete felpudo.

— Seria ótimo, não vou negar.

— Imagine um bairro onde se possa andar um quarteirão e comprar verduras e legumes frescos, meu bem. A um ou dois quarteirões de distância apenas.

— Barrett também se mudaria conosco? — indaga ela.

Tyler faz uma pausa. Dir-se-ia que a pergunta não lhe ocorrera. Ele olha, rapidamente, para a lareira televisada.

— Não sei. O que você acha? — pergunta.

Beth diz:

— Você vai fazer isso comigo, não vai?

— Fazer o quê, exatamente?

— Você quer que eu seja a esposa que diz: "Seu irmão tem que ir embora."

— Terra chamando Beth.

— Falo sério.

— Okay — diz Tyler. — Você *quer* que Barrett vá embora?

— Não. Não sei. O que eu quero é que você não espere que eu traga esse assunto à baila.

— Isso é tolice.

— Não para mim.

— Quero dizer que hoje é Réveillon, tivemos uma festa ótima, vamos discutir sobre um apartamento novo que nem temos ainda?

Beth se levanta do sofá.

— Eu gostaria de sair um pouco. Só para dar uma volta.

Tyler também se levanta.

— Ficou doida?

— Não. Só vou sair para dar uma volta, está bem?

Ele a abraça e a puxa para si. Ela não resiste, mas também não se entrega.

Ele diz:

— Quero fazer você feliz. Só isso.

— Talvez deva parar. De tentar me fazer feliz o tempo todo.

— Esse é um pedido incomum.

Ela se liberta do abraço.

— Não é nada. Nada de mais. Vou dar uma voltinha e fico ótima de novo. Tudo bem?

— Não me encanta a ideia de você sair sozinha a esta hora.

— É Réveillon. Vai haver gente na rua.

— Gente bêbeda. Gente agressiva e perigosa.

— Eu volto daqui a uns vinte minutos.

— Ponha seu casaco de *fleece*, então. Está frio lá fora.

— Eu *sei* que está frio. Vou pôr meu casado de *fleece*.

— Isso é um pouco estranho. O que parece que está acontecendo aqui.

— Estamos tendo uma briga. Só isso. Vamos ter brigas às vezes.

— Sei disso.

— Sabe?

— Vá dar uma volta.

— Eu vou.

Ainda assim, ela não se mexe, não de imediato. Beth e Tyler ficam em pé, mudos, juntos por um instante como à espera. De algo. De alguém. De uma declaração. De notícias.

*

Depois que Beth sai do apartamento, Tyler se senta sozinho no sofá (o sofá, a essa altura, é mais um cachorro que um móvel). As luzinhas de Natal ainda estão acesas (não existe, para Tyler, vermelho tão bonito quanto o vermelho específico de uma árvore de Natal iluminada). O DVD da lareira ainda crepita na tela da tevê.

Surpresa: Beth, novamente saudável, é sua esposa. Os dois são casados, do mesmo jeito como quaisquer outras duas pessoas são casadas. Existem rusgas. Existe irritação.

O que, indaga-se Tyler, ele esperava?

Transcendência, talvez. Uma interminável inocência encantadora, depois que a besta fosse estraçalhada; um futuro polido até brilhar com perfeição por ter sido inesperadamente concedido.

Não é verdade que quase a metade dos ganhadores da loteria acaba se matando? É algo assim.

A consciência de Tyler de estar sendo absurdo não parece ajudar tanto quanto deveria.

Sozinho ele fica mais alerta aos barulhos que sobem da rua. Os gritos, as saudações de Feliz Ano Novo, o ruído festivo das buzinas e a eventual buzinada furiosa (como é possível que uma buzina de carro, que emite um único som, possa ser identificada tão claramente como enfurecida ou alegre?), o ribombar distante dos fogos que Tyler consegue ouvir, mas não ver.

Dois mil e seis. O mundo está fodido.

Semifodido. Pré-fodido.

Tyler admite para si mesmo (tenta analisar seus pensamentos e atos com a mesma lucidez que emprega quanto ao mundo em geral) que embora esteja, claro, aliviado, também se sente ligeiramente decepcionado por não haver mais merda batendo em mais ventiladores de forma mais imediata. Nós (os poucos privilegiados, lembrem-se) ainda vivemos com conforto, no segundo ano de mandato. Não chegamos em casa e encontramos o apartamento revirado, não fomos levados a salas subterrâneas nem tivemos raspadas as nossas cabeças.

Ainda assim... Tyler gostaria de ter tido razão. Persiste numa fantasia específica: ele e Barrett (não consegue se obrigar a incluir Beth) estão numa fila infindável de gente, sendo levados... para algum lugar. Barrett se desculpa pela tepidez da própria paixão, naquele novembro de 2004, e Tyler o consola, o perdoa, garante-lhe que ele não poderia ter sabido, quase fazendo Barrett chorar de gratidão.

Adiante dos dois na fila está um casal mais velho, ainda usando o que restou de suas joias e da grife Armani. Cochicham um com o outro que claramente houve um equívoco; asseguram um ao outro que logo o erro será desfeito, e Tyler, finalmente, finalmente, é capaz de liberar sua fúria: é capaz de mais do que se enfurecer com o *Times* (agradeço o pedido de desculpas na página do editorial, Porra de *New York Times*, quanto a ter sido talvez levemente apressado ao distorcer a notícia para ajudar a promover a guerra); mais que ligar para aquele programa de rádio — o que ele fez precisamente uma vez, tendo se dado conta de que, em lugar de uma voz de severidade tranquila, de humanidade heroica e profunda, soou igual a qualquer um dos pirados que esbravejam em programas que recebem ligações de ouvintes. Está livre das amarras que usa com o irmão, a esposa e os amigos, que sempre permaneceram a seu lado, que concordam com ele em tudo, que só podem ser censurados por deixar de fazer... o que, exatamente? Se organizarem? Promoverem abaixo-assinados? Serem tão virulentos quanto ele?

É isso. Na verdade é isso. Tyler quer que todos que ele conhece se mostrem igualmente indignados e virulentos. Está cansado de se sentir tão só.

Mas aqui, agora, na sua fantasia, estão os próprios culpados: os que prosperaram, que nunca pensaram em ninguém além de si mesmos, que acionaram a alavanca no Dia da Eleição, pensando "Sim, isto está funcionando".

Aqui está este casal, que um dia foi próspero, chocado, mudado, postado à força perante o trono do conquistador que prometera que apenas os servos e ladrõezinhos de meia-pataca sofreriam. Aqui está ele, enfrentando as consequências e, finalmente, prestar a descontar em alguém.

A fantasia, porém, sempre acaba ali, com o contato visual, a conclusão partilhada, a perplexidade naqueles rostos bem-nutridos. Tyler não pensa no que diria então. Se essa fosse uma de suas fantasias sexuais, o momento da verdade seria o do seu gozo. Em seus sonhos eróticos, o momento em que ela aperta os seios contra o rosto dele ou envolve com as pernas seus ombros é sempre o momento de liberação.

A praia dele, ao que parece, é antecipação. Isso é algo sobre o que refletir.

Não agora, porém. Agora, ele está em sua sala, em sua própria pele, zonzo de champanhe e cocaína, confortável demais (desculpem) para lidar com o fato de dever tudo à sua pele branca.

Ele se permite divagar...

E divaga, inesperadamente, cheio de gratidão por esses minutos de solidão, porque (pare com isso), vez por outra, sente saudade da época em que Beth estava doente, quando seu propósito era tão objetivo e matemático quanto a trajetória de um míssil.

Parece-lhe que essa seria uma boa hora para mais uma ou duas cheiradas. Ele reduziu, e muito, o consumo, mas uma cheirada (ou duas) seria perfeita neste exato momento; ajudaria com a sua vergonha ante o fato de nutrir ainda que um mínimo de saudade da época da doença de Beth; da singularidade e propósito que essa época provia; e, sim, até da severa cara de granito da mortalidade em si, contra a qual ele podia se enfurecer. Como *isso* é doentio! Como é doentio sentir que suas composições parecem mais amorfas ainda agora; que na ausência da corrida contra o tempo, na ausência da necessidade de ter algo miraculoso a dar à sua amante enquanto ela ainda estava presente para receber... seu sentido de propósito o abandonou.

Basta. Ele pode se dar uma folga. Uma folga breve, esta noite. Levanta-se para ir até o quarto atrás do vidrinho. Afinal, é Réveillon.

*

Beth sai para a Knickerbocker. Uma neve cintilante, cristalina, começou a cair, fina o bastante para ser praticamente invisível, exceto pelos nimbus alaranjados que vêm dos postes de iluminação, filminhos que se mostram, um por quarteirão, leves turbilhões com brilho laranja-dourado, um efeito especial, uma ilusão projetada nos halos de luz encapuzados.

Há gente na rua, pouca gente, o que significa uma multidão na Knickerbocker, que, em qualquer outra noite, permanece assustadoramente vazia. Gente voltando para casa de qualquer outro bairro que ofereça mais em termos de luzes e música. À frente, no final do quarteirão, três garotas hispânicas caminham cambaleantes, de braços dados, sobre saltos agulhas, com expressão feliz, porém exaurida, tendo chegado ao limite final de uma noite que começou horas antes, quando experimentaram vestido após vestido, maquiaram umas as outras, se fizeram penteados, imaginaram (ou se recusaram a imaginar) que esta noite poderia ser a noite de encontrá-lo numa discoteca ou numa festa, a noite de ser vista por ele com o deslumbramento que ela merece receber; que esta noite pudesse levá-la, quem sabe, a uma casa em algum lugar, ao filhinho pedindo para tomar mais um sorvete, à filhinha adormecida em seu colo, enquanto ela diz a alguém *Sim, nós nos conhecemos no Réveillon, que tal?*

É fantástico estar viva. Ser, novamente, alguém caminhando em meio à neve que cai, passando pela vitrine da loja de bebidas, que exibe um leque de garrafas cercadas por luzinhas piscantes; ver o próprio reflexo escorrer pelo vidro de uma vitrine; ser novamente capaz de aceitar os prazeres triviais, a bota na calçada, as mãos nos bolsos do casaco, sentindo no bolso direito o que deve ser uma caixinha velha de Tic-Tac, acariciando-a e continuando a andar.

Ela caminha, sem destino específico, alguns quarteirões, chegando até a Flushing Avenue, sentindo o frio lhe morder os pulmões e o toque sutil de flocos de neve quase invisíveis em seu rosto. Não quer, na verdade, ir longe, quer apenas a solidão, a solidão pública, da rua; a não companhia dos estranhos que passam, ninguém a abraçá-la, ninguém a olhá-la com compaixão e espanto, ninguém deslumbrado com ela.

Ela pode se cansar, um pouquinho, de ser olhada com deslumbramento. Dá meia-volta na Flushing. Um casal de jovens vem em sua direção. Ele é branco; ela, negra. Na casa dos vinte anos. Sem dúvida ele é um dos jovens artistas que, como Tyler, moram ali porque em qualquer outro lugar o aluguel é demasiado caro. Veste um terno azul-neon, um sobretudo preto enorme e botas de operário. Ela (difícil de identificar em termos de inclinação e carreira) usa um vestido branco colante debaixo de um casaco de pele de coelho. Estão rindo tranquilamente, de mãos dadas. Conforme se aproximam, Beth consegue ver que ele tem um rosto anguloso e estreito, olhos grandes e interrogadores aos quais responde uma peculiar ausência de queixo. Ela é magricela e tem cabeça pequena, mostrando ao rir dentes grandes e quadrados numa boca que mal parece capaz de contê-los. Mas são bonitos aos olhos um do outro. Podem ser amigos de infância que se apaixonaram, e do casal emana aquela sensação de conspiração cúmplice, de intimidade erótica, a alegria do proibido, que faz os dois rirem

Ao passarem por Beth, dizem em uníssono:

— Feliz Ano Novo.

— Feliz Ano Novo — responde ela.

Eles seguem seu caminho, na direção oposta.

O jovem casal é, parece de repente, o que Beth saiu para ver. Ela não pode, claro, saber que problemas os afligem ou que problemas virão, mas se satisfaz com a rápida aparição de dois jovens que estão se virando bem no presente momento; que têm um ao outro para rir junto, para dar-se as mãos; que podem sem maiores cuidados compartilhar a simplicidade da juventude, do amor, de uma noite que deve, para ambos, prometer um rosário sem fim de noites, um mundo que oferece ainda mais do que esperavam; que lhes deu essa rua salpicada de neve e a promessa do lar, logo, como se amor e abrigo fossem as coisas mais simples do mundo.

Beth perdeu sua simplicidade quando recebeu de volta a vida.

Há o fardo da gratidão. Ela não contava com isso. Há a sensação de que, tendo sido contemplada com esse presente impossível, precisa fazer algo com ele. Antes do diagnóstico, bastava estar apaixonada por Tyler, gerenciar a loja de Liz, cozinhar nos finais de semana, fazer amor e enviar e-mails e ganhar de Barrett no Scrabble (ele jamais ganhou, nem uma vezinha, que tal *isso*, Mister Yale?). Não existe motivo para que ela faça algo mais, não há regra, mas agora seus dias e suas noites parecem demasiado pequenos. Precisa esperar algo mais; precisa ter algo mais.

Mas o quê?

Não pode se dedicar a uma vida de boas obras. Tem um emprego, ela e Tyler precisam do dinheiro. Faz trabalho voluntário, nas tardes de sábado, num hospital geriátrico, lendo para os velhos e enfermos, o que é satisfatório, mas não lhe soa como uma oferenda adequada em vista do que recebeu.

Surpresa: essa sensação de insuficiência.

Jamais falou disso com ninguém. Odeia admiti-lo sequer para si mesma.

Há momentos — não com frequência, mas, mesmo assim, há momentos — em que se sente ligeiramente... deslocada por ter sido devolvida à vida. Sentiu medo de morrer, mas esteve morrendo durante bastante tempo, aprendendo a lidar com isso, ficando treinada; tornara-se tão inevitável como se sentir como numa espécie de lar, num *país* natal, uma nação obscura, mas forte, antiga e confiável, serena; um lugar onde as ruas bem varridas levam a praças com fontes, onde as lojas e cafés são arrumados e limpos, onde as ameaças de tragédia e a esperança de felicidade eufórica e vital estão igualmente fora de questão.

Será que às vezes Perséfone achava o sol do verão demasiado quente, as flores mais espalhafatosas que belas? Será que algum dia, ainda que rapidamente, ela pensou com carinho no silêncio sombrio do Hades, na gélida desolação ali reinante? Terá desejado, vez por outra, que o inverno a libertasse da abundância, de um mundo que lhe exigia felicidade, um mundo tão pródigo em maravilhas que a coroa de flores e a dança não eram senão obrigatórios?

Beth chega ao prédio onde mora. Para na calçada e olha para cima. Lá, no segundo andar, estão as duas janelas da sala, suavemente iluminadas, com três luzinhas de Natal — uma vermelha, uma verde e uma azul — visíveis, penduradas no teto, por um fio verde.

Ela fica ali durante mais tempo do que pretendia, sem pensar em nada de especial, simplesmente olhando para as janelas do lugar onde mora.

UMA NOITE

Nenhum deles imaginara que a lata seria difícil de abrir. Parece uma lata de tinta, feita de alumínio escovado, mas, ao contrário de uma lata de tinta, a tampa nitidamente é de rosca. Ninguém sugeriu tentar essa manobra antes que eles entrassem no ferry.

Tyler, Barrett e Liz se agrupam na popa, encostados à balaustrada cor de laranja como um cone de trânsito (aquele laranja escandaloso que sinaliza *emergência*); apertam-se uns contra os outros em parte porque venta mais e faz mais frio do que esperavam no porto à noite, mesmo em abril, mas sobretudo porque não querem atrair a atenção dos membros da tripulação, em seus uniformes azuis (será que são chamados de membros da tripulação?), que sem dúvida não estão vigiando para ver se alguém pretende jogar, ilegalmente, cinzas de dentro do barco, mas que interviriam, também sem dúvida, se pegassem três passageiros em flagrante.

Tyler luta, o mais discretamente possível, com a tampa infernal.

À volta dos três a água ondula escura, salpicada pelas luzes do porto, com a marola da passagem do ferry — branca-acinzentada, viva como fumaça. É o corpo d'água com o maior tráfego imaginável. Barcaças se arrastam, escuras e silenciosas, enormes, puxadas por barcos menores, brinquedinhos iluminados. O ferry acabou de passar pela silhueta adormecida da Ellis Island e se aproxima da Estátua da Liberdade, patinada de verde, remota, oferecendo sua tocha ao céu cor de carvão.

— Porra — exclama Tyler. — Porra, porra, porra!

Barrett pousa a mão em seu ombro para acalmá-lo. Não se trata de uma mera inconveniência. Torna o ritual — o que há de ritual — cômico, o que nenhum dos três tinha em mente.

— Me deixe tentar — pede Liz.

De início ela não aceitara fazer parte do grupo, insistindo que apenas Tyler e Barrett deveriam estar presentes (não haveria como levar uma multidão), mas Tyler e Barrett a convenceram a acompanhá-los. Liz amava Beth. Liz conhecia Beth antes que Tyler e Barrett a conhecessem. E, o mais importante, ainda que difícil de explicar: havia a sensação de que uma mulher tinha de estar presente.

Tyler reluta em entregar a lata. Liz, especificamente irritada por essa específica fixação masculina, estende a mão com impaciência. Durante um momento, os dois disputam a lata, mas Tyler, na esperança de evitar ao máximo a comicidade, cede.

— Eta — exclama Liz, girando a tampa. — Não quer desatarraxar, hein?

— Não — diz Tyler. — Não quer desatarraxar. Não é hora para observações do tipo *O que você acha que eu sou, um idiota? Isso mesmo, ela não quer desatarraxar.*

Liz mete a mão dentro da bolsa:

— Tenho uma faca.

Claro que Liz tem uma faca. Precisamente a que ela produz, um canivete suíço com uma dúzia de lâminas diferentes, um cortador de unhas, uma tesoura e Deus sabe o que mais.

— Deusa da utilidade — diz Barrett.

Liz abre o cortador de unhas e o enfia sob a tampa da lata.

— Cuidado — alerta Tyler.

De início, a lâmina apenas arranha sem eficácia a borda chata da tampa. Então, um pouquinho de pressão e...

Ela solta. Liz desenrosca de leve, mas não abre. Devolve a lata para Tyler.

Ele a aceita com relutância. Barrett mantém a mão no ombro do irmão. Tyler fecha os olhos, respira pesadamente. Pergunta:

— Vocês acham que a gente deve olhar dentro?

— Já vi cinzas antes — responde Liz. — Não é preciso olhar dentro da lata.

Mais uma barcaça passa, essa com um monte de contêineres de aço empilhados, enormes caixas amontoadas que não teriam como ser pintadas de preto, mas que parecem pretas a distância. A barcaça está apagada. Não há sinal de um piloto ou de um lugar onde ele possa ficar.

Tyler assente para a silhueta negra titânica, que não exibe luzes, que se move sem fazer barulho, mais depressa que o ferry. Ele diz:

— Vamos esperar até essa coisa passar.

Ninguém precisa comentar sobre a propensão do mundo para produzir esses estranhos sinais de morbidez, esses *memento mori*, que encontram um jeito de surgir precisamente na hora errada.

Eles ficam em silêncio, aguardando que a barcaça negra sem piloto passe. Manhattan cintila além, monolítica e imponente. À esquerda veem-se os arcos preguiçosos e tranquilos da iluminação ao longo da Ponte Verrazano, em contraste com um modesto punhado de estrelas.

Às costas deles, no ferry: os passageiros que voltam do trabalho, todos com juízo suficiente para ficarem na cabine, onde se sentam impassivos sob a luz esverdeada, nem mais nem menos que exaustos escravos remunerados a caminho de casa.

— Muito bem — diz Barrett, depois da passagem da barcaça. — Estamos prontos?

Tyler assente. Desatarraxa a tampa.

Ele quer olhar dentro da lata. Mas resolve obedecer a Liz. O que quer que possa ver (será que há lascas de osso ou meramente pó? De que cor será esse pó?), ele prefere não pensar nisso como o conteúdo de uma lata.

É capaz de imaginar que a recaída de Beth esteja ligada, de alguma forma, à discussão dos dois no Réveillon; que ele chamou a atenção de alguma deidade terrível ao admitir para si mesmo que sua vida, liberta da emergência mortal, ficara ligeiramente... insustentável?

— Vou jogar um punhado — diz. — Depois eu gostaria que cada um de vocês jogasse também.

De forma insegura, como se pudesse fazer um movimento errado (ele tem uma visão momentânea de cinzas espalhadas no chão de placas de ferro), ergue a lata até a altura do ombro e a vira.

Nada acontece. Estarão as cinzas compactadas? Precisam ser sacudidas? Ele dá uma sacudida pequena, suave, na lata.

Então, uma espiral de cinzas amarronzadas esvoaça, por um instante como um fluxo palpável, mas que logo encontra o vento e se dispersa. Há breves vislumbres do brilho opaco de lascas de ossos. O fluxo se transforma em um modesto borrão nebuloso, que, pouco depois, desaparece.

Tyler entrega a lata a Barrett. Barrett libera sua própria nuvenzinha de cinzas e entrega a lata a Liz, que faz o mesmo até que o conteúdo se esgote.

O sumiço foi mais absoluto do que Tyler esperara. A vastidão do porto é mais intimidadora do que supusera, mais ártica em seu jeito sombrio e borbulhante. Ele não havia pensado em vento, nessa inquietude resplandecente, nem em todas aquelas embarcações. Imaginara ser capaz de ver as cinzas se dissolverem na água. No entanto, elas se foram, sumiram por completo, diluídas no ar turbulento. A noite continua. Os três ficam de pé ali em silêncio, enquanto mais um cargueiro, este do tamanho de um campo de futebol, passa próximo, com o gemido grave do que Tyler pode apenas pensar ser um som de navio, um sopro semelhante ao de uma trompa titânica.

Vão desembarcar em Staten Island para depois tornar a embarcar no mesmo ferry de volta a Manhattan. Os demais os aguardam em casa. Ping e Nina e Foster e mais uns dez amigos. Fizeram o jantar, como costumam fazer os amigos. Combinaram que ninguém mencionaria as palavras "celebração da vida".

Parece que Tyler, Barrett e Liz devem se abraçar ou, ao menos, enlaçar os ombros uns dos outros. Não é, porém, o que se descobrem fazendo. Ficam próximos, mas a uma distância discreta. Parece, aos três, que um dos outros está prestes a dizer algo intolerável, embora ninguém saiba se a temida catarse seria de dor, censura ou... outra coisa qualquer, algo que os três conseguem imaginar, mas para o que não têm nome. Existem, seguramente, palavras a serem ditas, ou gritadas, ou lançadas à água, mas Tyler, Barrett e Liz acreditam que tais palavras virão de um dos outros. Estão tomados, todos, pela sensação inexplicável de cautela; pela sensação de que, se não forem cuidadosos, a aniquilação os atingirá. Nenhum dos três jamais haverá de mencionar isso aos demais. Ansiosamente aguardando, torcendo por uma catarse, e torcendo, com igual intensidade, para que permaneçam simplesmente mudos como dóceis passageiros, eles observam as luzes de Manhattan, o brilho alvo e gélido do terminal do ferry e o dedinho brilhante de Miss Liberty se afastarem.

E o que, exatamente, se espera que façam agora com a lata vazia? Nenhum deles pensou nisso.

NOVEMBRO DE 2008

As coisas já estão sendo levadas embora antes que Tyler e Barrett tragam a última delas para a calçada. Um casal mais velho — garboso e decadente, ele tem o cabelo cor de alcaçuz e amarrou uma echarpe de seda no pescoço; ela tem expressão afetada e cabelo branco e enverga uma jaqueta Pierre Cardin fora de moda, que já foi salmão e hoje é rosa-Band-Aid — se afasta, levando embora as duas cadeiras espartanas, uma cada um. Carregam as cadeiras com o assento virado para a frente, como se preparados a oferecer uma carona a algum necessitado. Tyler, tendo nos braços uma pesada caixa de papelão cheia de DVDs antigos, troca um olhar com ambos ao passar, mas nem um nem outro o registram. São nobres empobrecidos. Essas cadeiras lhes foram devolvidas, mas você nem imagina, meu jovem, quanta coisa se perdeu.

Enquanto o casal com as cadeiras toma seu rumo em direção a Thames Street, um trio de garotos magricelas de skate, cada qual exibindo dois centímetros de cueca acima do cós da calça jeans, se detém para examinar o abajur com base de farol.

— Ele precisa de nova fiação — esclarece Tyler, enquanto pousa na calçada a caixa de papelão cheia de DVDs.

Um dos garotos diz:

— Obrigado, cara.

Os três seguem seu caminho, como se Tyler os tivesse alertado para algum perigo escondido.

Barrett surge, mal dando conta de carregar a poltrona verde de vinil. Tyler se apressa a ajudá-lo. Depois de botarem a poltrona na calçada, Barrett se senta nela.

— Tchau, tchau, garota — diz para a poltrona. — Boa sorte em seus futuros projetos.

Barrett afaga um dos braços verde-bile sebosos da poltrona.

— A gente pode se apegar a tudo, não? — comenta.

— Uns são mais sentimentais que outros.

— Não sou sentimental. Sou... Emotivo.

Tyler acende um cigarro (a reabilitação o promoveu de fumante eventual a consumidor de um maço por dia). Eles olham à volta. Todo o apartamento está em exposição na calçada. Barrett insistiu em montar um cenário: a mobília da sala foi agrupada, assim como a mesa de tampo de fórmica da cozinha e suas cadeiras descombinadas e decrépitas. Fez o máximo para reproduzir a desordem conhecida do quarto de Tyler e Beth, como faria um curador de museu, com todos os tesouros mulambentos que antes cercavam a cama mais ou menos em seus lugares habituais.

Tyler se surpreende com a aparência peculiar de tudo; não só por estar na calçada o conteúdo da casa, mas porque, ao que parece, ele andou cego à natureza andrajosa, descartável, dos pertences de ambos. *In situ*, a mobília lhe dava a impressão de bacana, divertida, contestadora.

Ali fora, em público, adquiriu uma aura que, ao que parece, não exibia na condição anterior de presença cotidiana. Os estranhos passam, examinam, levam ou não alguma coisa. O céu cinzento se reflete em tudo, prateia as panelas e frigideiras, inspira as cadeiras da cozinha a lançar sombras modestas, amorfas, na calçada. Uma nuvem titânica, cor de estanho, rola lentamente vinda do oeste, trazendo o presságio de chuva para um céu que, até um momento antes, estava tão somente nublado. As panelas e frigideiras perdem seu lustro, e as cadeiras, suas sombras, tornando-se ainda mais triviais. Exatamente assim qualquer um poderia se apresentar diante do deus de mil olhos e asas de espelho e tentar distraí-lo com algumas piadas antes do julgamento.

Barrett diz:

— Não queremos mesmo ficar com nada? Esta é a nossa última chance.

— Vamos ficar com a tevê.

— Votei por nos livrarmos da tevê.

— Aí não conseguiríamos ver o resultado da eleição.

— Acho que o Obama ganha — diz Barrett. — Acho mesmo.

Tyler balança a cabeça cansada.

— Este país não está nadinha pronto para um presidente negro. Prepare-se para McCain. Prepare-se para a Vice-Presidente Palin.

Barrett diz:

— Acho que este país está pronto para alguém que dê jeito na economia e talvez, quem sabe, pare de matar cerca de um terço da população mundial.

— Você é um sonhador. Uma qualidade sua. Ainda que levemente irritante.

Barrett diz:

— Na verdade, estou meio em pânico.

— Por bons motivos. Sarah *Palin*?

— Na verdade, estou meio em pânico quanto a nos livrarmos de toda a nossa mobília.

— O sofá. Vamos ficar com o sofá — argumenta Tyler.

— Isso é como dizer que vamos ficar com a tia Gertrude.

— Vou exalar meu último suspiro naquele sofá. Promete que você vai me botar no sofá quando chegar a hora?

— Se eu sobreviver a você.

— Algo me diz que vai sobreviver.

Barrett olha à volta com nervosismo.

— Não *diga* isso. Você faz ideia do quanto acabou de aumentar a probabilidade de um motorista de táxi perder o controle e me atropelar bem aqui nesta poltrona?

— Você pode não ser mais sentimental, mas sem dúvida é mais supersticioso do que a média.

— Sou mais aberto à possibilidade de magia. Que tal?

Os dois fazem uma pausa para observar um sem-teto vestindo um suéter cor de fuligem e uma calça de lã enegrecida, parecendo ter acabado de escapar de um incêndio, pegar o vaso Dante (tulipas da delicatéssen coreana, ainda frescas, brotam da cabeça séria e preocupada de Dante), examiná-lo e tornar a pousá-lo no chão.

Barrett diz:

— Nem ele quer aquela coisa.

— E o que haveria de fazer com um vaso?

— Foi Liz quem me deu.

— Como ela vai indo?

— Basicamente, aliviada. Acho que já superou.

— Ela sai de vez em quando. Com Andrew e seu novo caso. Levou os dois para *jantar*.

— É a cara da Liz.

— Você acha mesmo? Será que ela faz coisas porque são a cara dela?

— Às vezes. Você também não é assim?

Tyler hesita:

— Acho que não.

— Ora, vamos lá. Às vezes, quando não sabe o que fazer, você não se pergunta: "O que eu faria numa situação como esta?".

— Talvez. Eu acho.

Tyler expira uma pluma de fumaça. E diz:

— Por que você não me falou daquela maldita luz?

— Hã? Como é que é?

— Você contou para todo mundo. Contou para Liz. Contou para *Andrew*.

— Isto está vindo à tona agora porque...

— Porque está. Porque você viu a droga da Virgem Maria sapateando no céu e não me disse uma palavra a respeito.

Barrett se concentra, faz uma busca a jato à procura de raciocínio e lógica e não consegue achar um vestígio sequer de um ou de outra.

— Não é verdade. Eu contei a você.

— Depois que Beth morreu. Quanto tempo depois? Quase cinco meses depois de contar a Deus e todo mundo. Por que foi que esperou? Aliás, por que me contou, afinal? Por que não deixou que todo mundo menos eu soubesse que esse... Que esse *milagre* aconteceu?

Barrett luta para recobrar o prumo. Talvez só possam ter essa briga em público; talvez fosse perigoso demais sem estranhos à volta para ver e ouvir a discussão. Ajuda, claro (não ajuda?), o fato de estarem ali na calçada cercados por todas aquelas coisas conhecidas, pessoais, que não são, no momento, nem deles nem de terceiros; o fato de habitarem brevemente uma zona mediana, entre a localização e a dispersão.

Barrett responde:

— Há quanto tempo você voltou às drogas?

A expressão de Tyler não é a que Barrett esperava. Não há nada que sugira uma criança pega em flagrante. Tyler dá uma tragada profunda no cigarro, olha para Barrett de um jeito que para Barrett só pode ser provocativo, como se Barrett tivesse esperado um interlúdio catastrófico para acusar Tyler de deixar de fazer uma tarefa doméstica insignificante.

Tyler diz:

— Você achou que a história da luz ia me *consolar*?

— Tive medo...

Tyler aguarda, tragando tão forte o cigarro que a brasa passa do laranja habitual para um intenso tom de tangerina.

— Tive medo — prossegue Barrett. — Ia dar a impressão de que eu estava tentando me exibir.

— Seja claro. Fale a minha língua.

— Como se eu estivesse tentando... Sei lá. Aparecer mais que a doença de Beth. Reivindicando para mim uma importância extra.

— Continue.

— Bom, suponho que supus... Que ia parecer isso. É. Tyler está compondo uma canção para ela. Tyler vai *se casar* com ela. Tudo bem, beleza, mas quer saber? Eu, Barrett, o irmãozinho gay, vi uma *luz*. No céu.

— Então você não quis me falar da coisa mais incrível que aconteceu na sua vida porque teve medo de causar a impressão errada?

— Comecei a me perguntar...

— Hã, hã.

— Comecei a me perguntar se *tinha*, realmente, visto alguma coisa ou simplesmente... Simplesmente inventado.

— E por que iria inventar uma coisa dessas? — indaga Tyler, antes de atirar longe o cigarro e acender outro.

— De repente, sei lá, para me sentir *alguém*? Eu não estava fazendo nada para ajudar Beth a melhorar...

— Ninguém estava, ninguém podia fazer...

— Eu não podia escrever uma canção para ela, eu não podia me casar com ela.

— Então criou uma alucinação para você mesmo.

Barrett diz:

— Eu não sabia. Pareceu tão inquestionável a princípio. Mas com o tempo comecei a me perguntar. Continuei a esperar sei lá pelo quê. Pela visão número dois.

— Você acha que elas vêm em pares?

— Acho que eu estava fazendo esforço demais há tempo demais.

— Como assim?

— Eu tinha aberto mão da necessidade de ser importante. De tentar fazer diferença. Daquele meu jeito de sacudir a poeira e dar a volta por cima.

— Eu não posso dizer que tenho visto você sacudir muita poeira — diz Tyler. — Nem dar a volta por cima, a bem da verdade.

— Mas existe uma diferença entre não correr atrás de ambições terrenas e não se sentir mais um fracasso por não correr atrás delas. Tenho pensado se era esse o significado da luz. Tipo, você viu, sabem da sua existência, você não precisa ser importante, não precisa ter seu retrato publicado numa revista.

— Não chegamos à conclusão de que a luz foi uma espécie de miragem?

— Aí é que está — diz Barrett. — Não importa se foi real ou se apenas imaginei que vi. Faz diferença, de todo jeito.

O rosto de Tyler se altera como nunca dantes. Seu rosto lembra o da mãe. Será que ele soube, todos esses anos, como evocar aquele sorriso piadista dela, o cínico arquear de sobrancelhas? Estaria guardando esse truque para um momento crucial?

Tyler diz:

— Você quer alguma coisa que seja sua, não é?

Barrett aparentemente não consegue responder.

— Quer alguma coisa que não tenha nada a ver comigo — insiste Tyler. — Estou certo?

Barrett diz:

— Quero esclarecer uma coisinha. Você acha que vamos passar batidos pelo fato de você estar cheirando cocaína escondido, certo?

— Não — responde Tyler.

— Encontrei um vidrinho de cocaína na gaveta da sua mesa de cabeceira.

— Um vidrinho *velho*. Eu tinha me *esquecido* dele. Quantas vezes vamos ter de falar nisso?

— Fala sério!

— Este é um sistema de justiça estilo asiático, não? Se você é julgado culpado, jamais poderá não ser culpado.

— Você acha que é assim que o sistema asiático de justiça funciona?

— Não faço ideia. Acho que ele é racista, não?

Tyler se senta na poltrona ao lado da de Barrett, uma *bergère* de aparência inocente, mas bestialmente desconfortável, estofada em seda vermelha desbotada, que Barrett colocou, em relação à de vinil verde, exatamente no lugar que ocupava no apartamento.

Barrett diz:

— Comecei a frequentar a igreja de novo.

— É?

— Ter uma crise com Deus depois da morte de Beth me pareceu demasiado... impróprio, acho eu.

— Como está funcionando para você? A igreja?

— Não dá para dizer exatamente. Eu vou, só isso.

— Mas nada acontece? — pergunta Tyler.

— Eu não usaria a palavra nada.

— Você não reza. Você não canta os hinos.

— Não, eu sento num banco bem atrás.

— Você deve *sentir* alguma coisa.

— Em paz. Meio em paz. Só isso.

Tyler conclui que não é a hora nem o lugar para uma detalhada discussão metafísica. E diz:

— Vou dar uma checada na casa nova.

— Encontro você lá depois do trabalho. Tudo bem se eu levar o Sam?

— Claro.

— Tem certeza?

— Por que você cismou que eu não gosto do Sam?

Tyler tira mais um cigarro do maço, vasculha o bolso do jeans em busca do isqueiro.

— Porque ele se interpõe entre nós?

— Beth não se interpunha entre nós — diz Tyler.

— Eu também era casado com Beth.

Tyler tenta acender o cigarro com um tubinho de drops, que guarda de volta no bolso, antes de encontrar o isqueiro de verdade.

— Então posso ser casado com Sam, junto com você, certo? — diz. Acende o cigarro, dá uma boa tragada. Mais uma vez, o fluxo delicioso, levemente nocivo que aos poucos penetra em seus pulmões com uma doçura amarga. Quando expira, contempla a fumaça até vê-la desaparecer.

— Acho que não. Não consigo imaginar. Lamento.

Tyler dá uma outra tragada, contempla a fumaça.

Barrett diz:

— Estou animado para comprar os móveis novos.

— Eu também.

— Tem certeza sobre estes? Ainda podemos pegar alguns de volta. Olha, lá vai a mesa da cozinha!

Um casal jovem, tatuado e de cabelo punk, está levando embora a mesa da cozinha. O rapaz grita por sobre o ombro:

— Obrigado, gente.

Tyler acena, satisfeito. E diz a Barrett:

— Já me sinto assombrado o bastante sem a mobília.

Ambos observam enquanto a mesa da cozinha se distancia. Barrett canta a estrofe inicial dos *Jeffersons*: "*We're movin' on up...*".

— É só disso que me lembro... — acrescenta.

Tyler diz:

— De uma pocilga completa para uma semipocilga.

A mesa da cozinha, carregada pelos novos proprietários, vira a esquina e desaparece.

— Venho pensando sobre uma mesa francesa antiga de fazenda — diz Barrett. — Sabe do que eu estou falando? Elas têm uns cem anos de idade. São compridas para valer e têm talhos profundos e arranhões.

— Lembre-se de que ainda estamos curtos de dinheiro.

— Eu sei. Mas, olha, vem aí um álbum de sucesso...

— Vem aí um álbum ainda não terminado que provavelmente vai vender umas quarenta unidades.

Barrett diz:

— Sabe, se você tiver esperança, se ficar mesmo um tantinho feliz porque alguma coisa pode acontecer, isso não muda o resultado. Você podia se dar um período de otimismo, mesmo que tudo desmorone. E quem está falando é o supersticioso.

Tyler não responde. Joga na calçada o cigarro fumado pela metade e o apaga com o salto da bota. Levanta-se, pela última vez, da poltrona menos amistosa do mundo.

— Acho que é só — diz.

— Também acho — concorda Barrett. — Vou voltar lá em cima daqui a um minuto e confirmar.

— Então nos vemos mais tarde. Em nosso *novo lar*.

— Até mais.

Tyler, porém, não se afasta, não de imediato. Uma sensação, que só pode ser chamada de constrangimento, se instala.

— Isto é estranho — diz ele.

— Mudanças são sempre estranhas, certo?

— Sim, sem dúvida.

Eles fazem aquela coisa do olhar, aquela espécie de cumplicidade intercambiável.

Mesmo assim, paira no ar uma sensação de partida; uma sugestão remota — um sussurro, nem isso — de despedida. O que é tolice. Certo? Eles se encontrarão à noite. Em seu novo lar.

— Até — repete Tyler, descendo a Knickerbocker para chegar à Morgan.

Barrett se detém por um instante. Não está ansioso para abandonar o estranho prazer de sentar-se na poltrona verde, cercado pelas oferendas, cada vez menos numerosas, que ainda ontem eram objetos cotidianos, vendo o apartamento desaparecer, peça a peça. Lá se vai o abajur da dançarina de hula, nos braços de uma garota que usa henna no cabelo. Espanta que tenha demorado tanto. Barrett se imagina, brevemente, permanecendo na poltrona até tudo o mais desaparecer, ficando sozinho, sentado diante do prédio cor de mostarda, revestido de alumínio, como um aristocrata russo deposto, contemplando, atônito, sua nova vida como cidadão comum sem privilégios. A datcha entrou em profundo declínio. Sua umidade interior resiste aos efeitos de qualquer aquecedor e lareira; o adamascado que continua nas paredes não passa de tiras de escarlate desbotado; o teto vacila e os criados se tornaram tão decrépitos que não mais proveem ajuda, e, sim, a demandam. Ainda assim, a vida foi vivida ali, e o futuro, mesmo que se revele melhor, cheira à neve incipiente e aos eflúvios potentes, metálicos, das plataformas de trem varridas pelo vento.

Tyler liga para Liz a caminho do metrô. Ela atende. Agora que está novamente solteira, ela às vezes atende o telefone. Costumava ser uma dessas pessoas que sempre deixam as ligações caírem direto na caixa postal.

Será que isso significa alguma expectativa sem nome, uma intercessão desejada do acaso ou da sorte? Tyler espera que não.

— Oi — diz ele.

— Vocês já fizeram toda a mudança? — indaga Liz.

— De cabo a rabo. Bom, Barrett está fazendo a checagem final. Estou a caminho da casa nova.

Ele caminha pela Morgan Street. Adeus, cerca de metal arrematada com arame farpado. Adeus, janela da velha com o bibelô da família de esquilos para sempre congelada em meio a cabriolas no parapeito.

— É estranho? — pergunta Liz.

— Um pouco. É estranho fazer alguma coisa sem Beth.

— Foi o que eu quis dizer.

— Mas ela não odiava Bushwick. Fato.

— Beth era engraçada nesse ponto. Na verdade, ela não odiava lugar nenhum.

Tyler diz:

— Você acha que pode ir encontrar comigo na casa nova?

— Preciso abrir a loja daqui a quarenta e cinco minutos.

— Barrett pode fazer isso.

— Você quer que eu vá?

— Acho que sim. Não me sinto realmente à vontade para entrar lá sozinho.

— Então eu vou.

— Obrigado.

— Chego lá em vinte e cinco minutos.

— Obrigado — repete Tyler.

*

Tyler espera Liz em frente ao novo prédio, fumando um cigarro. Oi, Avenida C. Oi, café novo ao lado de uma delicatéssen decrépita, de prateleiras semivazias, que deve servir de fachada para a venda de drogas. Oi, garotão de jaqueta vermelha e cabelo a moicano, boa sorte para driblar as três senhoras idosas reclamando entre si numa língua estrangeira (polonês, ucraniano?), que se plantaram na calçada num bloqueio humano, todas com sacolas de plástico da Key Food, movendo-se em ritmo de parada militar.

Quando Liz vira a esquina, no extremo do quarteirão, Tyler tem um instante de não reconhecimento, vê Liz como a veria se ela fosse apenas mais um estranho virando a esquina da Ninth Street com a Avenida C.

Por um instante ele vê uma mulher alta, séria, com um quê de rancheira — os pés calçados em botas, os ombros quadrados. Liz caminha como homem. Tem também o casaco de couro cor de chocolate e o cabelo grisalho amarrado atrás descuidadamente. Ela foi chamada para domar aquele cavalo no qual ninguém mais consegue montar...

E, aí, ela volta a ser Liz.

— Oi — diz Tyler. Ele joga o cigarro na sarjeta, fica de pé. Os dois se abraçam rapidamente, semiformalmente, como se deles se exigisse um gesto de coragem estimulante. Tyler pensa em enlutados num velório.

— Está esperando há muito tempo? — indaga ela.

— Não. Há uns minutinhos. Estava checando o novo bairro.

— E?

— Mais gente. Menos desesperados e loucos.

— Desesperados e loucos existem em toda parte. Você chegou faz só uns minutos.

Tyler segura a porta para ela, e os dois entram no hall, que é árido e crepuscular, semi-iluminado por um globo fluorescente piscante. Cheira a amônia e, menos intensamente, à madeira queimada.

Trata-se, no entanto, de um progresso notável em relação ao vestíbulo amarelo viscoso, ferozmente iluminado, de Bushwick.

Pegam o elevador (o prédio tem elevador!) até o quarto andar. Tyler experimenta a nova chave na fechadura da porta com o número 4B. Funciona. A porta se abre com um suspiro, um som de paciência exausta, porém infinita.

Tyler e Liz entram no pequeno vestíbulo.

— Isto é tão melhor — exclama ela.

— Difícil negar. — Ele pisa ruidosamente (as botas parecem ecoar de um jeito artificial nesse silêncio sombrio) no assoalho cor de café e chega à sala. Liz vai atrás.

A sala está vazia, mais do que no sentido literal. Quem quer que tenha morado ali antes não deixou vestígios, nem mesmo fantasmagóricos. O apartamento de Bushwick tinha uma história de moradores: havia sido assiduamente "melhorado" por gerações de inquilinos. Este aparentemente apenas envelheceu, com suas paredes cor de massa de panqueca que já foram brancas um dia, maculadas aqui e acolá por um buraquinho de prego onde alguém tinha um quadro pendurado. O assoalho escuro está arranhado em alguns pontos, mas parece ter permanecido basicamente inalterado ao longo de oitenta anos ou mais. Ninguém raspou ou pintou o piso, ninguém o sintecou.

No meio da sala, como uma rainha orgulhosa e muda, está o sofá, entregue na véspera pelo Dois Caras Com Uma Van.

— Lá está ele — aponta Liz.

— Eu disse a Barrett que quero morrer nesse sofá. Lembre a ele, está bem?

Tyler se aboleta no sofá. Por um instante, sente-se como um cachorro, voltando, grato, à própria cama, à sua cesta cheia de cobertores salpicados de pelos, num canto da cozinha.

— Você já se decidiu sobre a pintura? — pergunta Liz.

— Barrett ainda está pensando.

— Vocês podem chegar a um entendimento.

— Ele está se portando de um jeito engraçado sobre isso. Parece que se ficar uma única parede branca no apartamento inteiro não vai conseguir dormir à noite.

Liz tira o casaco, que larga no chão (não há outro lugar para pô-lo), e se senta ao lado de Tyler no sofá.

— Então... — diz Tyler. — A gente mora aqui agora. — Ele canta o pedacinho de que se lembra da música-tema dos *Jeffersons.* — *We're movin' on up...*

— Como vai indo a nova canção? — indaga Liz.

— Bem. Não. Não sei. Parece... recuperável. Talvez.

Liz se inclina e lhe lança um olhar longo e penetrante.

— É bom o que está acontecendo — diz.

— Eu sei. Sei disso.

— E sei que é estranho.

— Lamento que ela não tenha me visto conseguir um pouquinho de sucesso.

— Ela sabia que você iria fazer sucesso um dia.

— Sabe o que é muito doido sobre Beth? Ela não ligava para isso.

— Não por ela. Por você.

— Sim. Bom. Verdade. Digamos que eu gostaria que ela me visse mais feliz, então. Eu gostaria de *ser* mais feliz.

— Você vai ser — garante Liz.

— Eu costumava escrever canções para Beth.

— Sei disso.

— Agora eu só escrevo... porque, ora, o que mais posso fazer?

Então, surpreso, ele se flagra incapaz de respirar. Inclina-se para a frente, planta os cotovelos nos joelhos, inspira com sofreguidão.

— Tudo bem com você?

É difícil para Tyler, ao que parece, falar. Liz aguarda. Tem o bom senso de aguardar. Tyler inspira uma lufada de oxigênio que não enche propriamente seus pulmões, mas que dá para o gasto, terá de dar, é o máximo que lhe é possível.

Ele se descobre capaz de dizer:

— Eu só... É só que... Beth morreu. E a minha música melhorou.

— Sua música conquistou uma plateia maior. Depois de você se dedicar durante anos.

— Não, ela melhorou. E por isso (respire, respire) conquistou uma plateia maior.

— Ok. Suponho que quando alguém passa por algo assim...

Tyler se esforça, de novo, para respirar. Ataque de pânico, diz a si mesmo. Isto é um ataque de pânico.

Respire. Faça força.

Liz:

— Não é como se você tivesse feito um pacto com o demônio.

Tyler consegue inspirar. Consegue encher três quartos do pulmão. A cabeça está zonza.

— Não, não fiz.

Liz lhe afaga os ombros com a palma da mão, como se acalmasse um cavalo.

— A questão — diz Tyler, com esforço —, a questão é: se tivessem me oferecido um acordo desses, acho que eu talvez topasse.

— Não, não toparia.

— O que eu estou dizendo é que acho que talvez eu desse maior importância a escrever uma canção para Beth do que à própria Beth.

— Isso não é verdade.

— Poderia ser. Poderia ser verdade.

Liz assente. É, sem dúvida, a única pessoa que Tyler conhece capaz de deixar uma afirmação como essa passar sem comentários, não por não acreditar nela, mas por conhecer a história do desejo humano em todos os seus detalhes melindrosos.

Tyler finalmente dá conta de respirar. É como uma vela, inflando com o vento. O mundo alça voo, ele não se reconhece. Sua canção — seu lamento, seu gemido comprido, sua primeira obra com sintetizadores porque ele não confiou na própria voz, de repente essa voz se tornou pessoal demais —, aquela canção, cantada com mais lentidão, uma oitava mais baixa, numa voz que a Tyler parece herdada de primos distantes; aquela voz de Capitão Ahab, fria e obcecada e — o que disse aquele blogueiro? — calma e racionalmente perturbada, obteve pouco menos de trezentos mil hits no YouTube (o YouTube foi ideia de Barrett), e, em seguida, a segunda canção (ainda mais sonora, mais operacional-mente inconsolável — uma tentativa de demolir o improvável sucesso da primeira?) registrou uns quatrocentos mil hits e foi aclamada por uma legião de blogueiros (quem *são*, afinal, essas pessoas?), conseguiu-lhe um contrato, um minicontrato, que significou dinheiro suficiente para prestar caução pelo aluguel desse apartamento melhor; o que significa a possibilidade de um futuro, uma vida que não é mais invisível (ele fica surpreso com a diferença entre "obscura" e "invisível"). Finalmente ele alcançou a obscuridade. As cinzas de Beth foram engolidas pelo porto e, sim, ele a adorava, e, sim, ele sente também uma liberdade terrível, indizível, sem ela, sem seu desejo de confortá-la, de lhe oferecer algo que valesse a pena ter, de emocioná-la e agradá-la, a garota que fazia pão e colecionava cartas de jogo que encontrava na rua (afirmando que era sua ambição de toda a vida montar um baralho completo); a garota que ficava feliz em estar praticamente em qualquer lugar; que pedia, e possuía, tão pouco.

Os dois brigaram na Véspera de Ano Novo. Não fizeram amor, depois que ela chegou do passeio. Então, em menos de uma semana, os sintomas voltaram com violência.

Tyler lança um olhar suplicante para Liz. Seus olhos estão úmidos, a respiração continua instável.

Ele avança sobre ela. Acontece mais depressa do que de hábito, não há gesto de sedução, nem de leve. Num momento ele a encara, impotente e suplicante, e em seguida está pressionando os lábios contra os dela, como se a boca de Liz fosse uma máscara de oxigênio. Ela segura o beijo, devolve-o, nem ávida nem castamente. Seus lábios são dóceis, porém decididos, há *vontade* por trás do seu beijo, não está desesperada, mas tampouco conciliatória. Sua boca é fresca e tem gosto de ervas, nenhuma em especial, além da sensação de natureza exuberante. Tyler aperta o corpo contra o dela e a deita de costas. Pode respirar agora, ao que parece. Pode respirar de novo. Toma um dos seios na mão, primeiro por cima da blusa, depois, por baixo. Desabotoa a blusa e acaricia um seio, que cabe todo em sua mão. Os seios de Liz são tão pequenos que não ficaram flácidos, não há nada *para* ficar flácido. Com o toque de Tyler, o mamilo (grande para o seio pequenininho, cor de framboesa) endurece. Ela emite um som que é mais suspiro que gemido e enterra as mãos no cabelo dele.

Tyler se apoia nos joelhos, baixa a calça e a cueca. Sua ereção fica aparente. Liz tira as botas com um chute, baixa o jeans e a calcinha e os desce até os tornozelos, jogando-os longe e envolvendo os quadris de Tyler com as pernas abertas. Tyler olha apenas de relance para a linha dos pelos pubianos escuros e aparados, o rosa robusto dos grandes lábios, antes de penetrá-la.

Ambos sabem que precisam ser rápidos. Ela emite um suspiro mais alto, porém ainda um suspiro, não um gemido sensual, embora dessa vez haja um toque suave no final. Tyler já está dentro dela — sentindo seu calor, a umidade extrema e, porra, vai gozar. Adia o gozo, deixa o pênis descansar nela, está por cima, o rosto colado ao dela (aparentemente não consegue olhá-la diretamente), até que a ouve dizer:

— Não espere.

— Tem certeza?

— Tenho certeza.

Ele a penetra uma vez, com prudência. Outra mais e então parte rumo a um nada convulsivo. Vive durante segundos naquela aflitiva perfeição delirante. É isso, só isso, ele está perdido para si mesmo, não é ninguém, obliterou-se, não existe nenhum Tyler, existe apenas... Ouve o próprio grito abafado de êxtase. Mergulha numa beatitude ardente, extasiada, prestes a se perder, perdido, desfeito.

E acaba.

Ele aconchega a cabeça no pescoço dela. Ela o beija, castamente, na têmpora, e depois deixa claro que quer ser liberta. Ele não discute. Rola para o lado e se acomoda de encontro ao encosto do sofá.

Liz fica de pé, rapidamente veste a calcinha e o jeans e se abaixa para calçar as botas. Nenhum dos dois fala. Ela pega o casaco no chão e se abriga nele. Tyler permanece deitado no sofá, contemplando-a com uma expressão de impotência perplexa. Quando está totalmente vestida, ela se põe de pé ao lado dele, acaricia-lhe o rosto com os dedos e vai embora. Tyler a escuta fechar suavemente a porta ao sair e ouve o ruído abafado de suas botas quando ela desce a escada.

Faz quase meia hora que a moça está indecisa quanto a um colar. Inclina-se sobre o modesto mostruário de joias com tampo de vidro, atenta como um cirurgião.

Enquanto ela se decidia, duas mulheres compraram um par de tênis Converse preto com cano alto e uma camiseta vintage Courtney Love (da qual Barrett vai sentir saudades). Um adolescente recebeu um não da mãe ao pedir um dos skates customizados. Um homem (nada jovem) vestindo shorts esfiapados na barra e uma jaqueta de aviador demonstrou indignação irônica com o fato de não haver óculos escuros de menos de duzentos dólares.

Barrett deixa a moça sozinha com a própria indecisão. Na loja de Liz, não se assediam clientes. Liz não abre mão disso. Deve-se dar boas-vindas quando eles chegam, assegurar-lhes que terão ajuda, caso precisem, e, depois, deixá-los sozinhos. Se experimentarem roupas e pedirem opiniões, a instrução é agir com educação, porém com sinceridade também. Ninguém merece sair de uma loja com uma calça jeans ridiculamente apertada na bunda ou com uma camiseta que enfatize uma compleição franzina. O cliente compra alguma coisa ou não compra. Wynne, que assumiu o posto de Beth, precisou ser encorajada, no começo, a prestar menos ajuda aos fregueses.

No momento, estão na loja apenas Barrett e a moça indecisa. Barrett dobra camisetas. Uma surpresa sobre o varejo: trata-se, essencialmente, do ato de dobrar e desdobrar e tornar a dobrar, interrompido pelas boas-vindas aos clientes e transações periódicas. Barrett descobriu nesse ato uma certa calma Zen e até mesmo um orgulho pela expertise. É capaz de dobrar uma camiseta até formar um quadrado perfeito, todas as vezes, em menos de dez segundos.

A moça diz:

— Desculpe por eu demorar tanto.

— Leve o tempo de que precisar — responde Barrett.

Ela diz:

— Você pode vir até aqui e dar uma olhada?

— Claro.

Barrett arruma na prateleira mais uma camiseta dobrada à perfeição. A moça, de vinte e poucos anos, é alta e tem aparência frágil, não doentia, mas hesitante e pálida. O cabelo ruivo escuro está solto e apenas lhe cobre os ombros. O rosto, salpicado de sardas, tem o aspecto reverente e delicado de um anjo de Fra Angélico. Barrett acha que ela foi ignorada quando mais jovem — uma dessas moças que não é nem torturada nem cortejada — e ainda não está habituada à atenção recebida de um mundo adulto mais receptivo à beleza em suas formas menos usuais.

Barrett se põe atrás do mostruário de joias. A moça pousou, com cuidado, dois colares sobre o quadrado de veludo preto que Barrett abriu no balcão quando ela entrou na loja.

— Estou na dúvida entre estes dois — diz ela.

Sobre o veludo está um colar com berloques da sorte — um Buda de prata, uma turmalina e uma ferradurinha de ouro — e um fio de seda preta do qual pende um diamante bruto, ligeiramente maior que uma ervilha, com seu brilho seco e gelidamente acinzentado.

— Acho que não vai ajudar se eu disser que ambos são lindos — observa Barrett.

Ela ri, depois para subitamente, como se Barrett pudesse considerar o riso um insulto.

— Estou sendo ridícula — diz —, é só um colar.

— Não, você vai usá-lo, precisa ter certeza.

Ela assente, distraída, examinando os colares.

Barrett diz:

— Se você levar um e depois se arrepender, pode voltar e trocar pelo outro.

Ela torna a assentir. E diz:

— Vou me casar.

Ergue os olhos para ele. Os olhos escurecem de leve, assumem uma profundidade úmida.

Barrett indaga:

— Você está procurando um colar para usar no casamento?

— Ah, não. O casamento vai ser de vestido branco e com as pérolas da mãe dele. — Depois de uma pausa, acrescenta: — A família do meu noivo é italiana.

Ela está insegura, então, sobre o que há de acontecer quando permitir que a família do noivo a reivindique, como se fosse uma tímida camponesa com um dote modesto, casada com o filho de uma família nobre empobrecida como parte de um tratado cons-trangedor. Imagina-se em jantares ruidosos, animados, onde os rapazes jogam migalhas para os cães de raça e a mãe expressa, por meio de olhares contundentes, suas dúvidas quanto à robustez dos futuros herdeiros.

A moça quer sair da loja como a moça que usa aquele colar como talismã, como declaração. *Escolhi isto por minha conta, nada tem a ver com o meu noivo.* É a sua modesta forma de expressar sua singularidade, sua intimidade inviolável.

Barrett diz:

— Muito bem. Vou fechar os olhos e apontar para um deles. Veja se você fica satisfeita com o que eu apontar ou decepcionada por eu não ter apontado o outro.

Ela sorri timidamente:

— Está bem.

Barrett fecha os olhos e aponta. Escolheu o colar com os três berloques da sorte.

— Oh! — exclama a moça.

— Você quer o outro.

— Acho que sim.

— Está aí, então.

Cuidadosamente, ela pega no quadrado de veludo o fio de seda com o diamantezinho gélido, assimétrico. Põe no pescoço, tem uma pequena dificuldade com o fecho e o prende.

— Ótimo — diz Barrett. — Parece perfeito.

A moça se vira para o pequeno espelho oval acima do mostruário. Dá a impressão de feliz com o que vê.

— É lindo — observa.

Barrett está pronto para dizer: Não se case com esse sujeito. Você o ama agora, ele provavelmente a encanta na cama, mas você sabe, de um jeito que não consegue expressar, nem mesmo para si mesma, que está prestes a ser usurpada, que está prestes a viver em um mundo onde não será bem-vinda, ainda sem currículo suficiente como garota bonita, ainda se sentindo demasiado grata pelas atenções dele. A gratidão vai esmorecer e você ainda estará comparecendo àqueles jantares de domingo em Jersey, onde será meramente tolerada até que ele comece a compartilhar com a família o arrependimento pela rebeldia da própria escolha, a se perguntar por que se casou com você e não com a boazuda italiana que a mãe tinha em mente para ele. Ele é um súdito da mãe, provavelmente ama você de verdade agora, mas seu interesse há de fenecer, ele há de começar a listar suas falhas, há de ficar mal-humorado e ressentido quanto a crimes que você ignora ter cometido.

Mas em lugar disso Barrett diz:

— É lindo, sim. Está decidido, então?

— Sim, finalmente. Agradeço a você por ter sido tão paciente.

— Essas escolhas são sérias. Isto é, nesse contexto. Vai pagar em dinheiro ou com cartão?

Ela extrai um MasterCard de uma carteira verde fininha. Ele passa o cartão e ela assina o comprovante.

— Quer que eu ponha num estojo? — indaga Barrett.

— Não, obrigada. Vou com ele no pescoço.

— Boa sorte.

Ela lhe lança um olhar indagador.

— Protocolo nupcial — esclarece Barrett. — Congratula-se o noivo e se deseja boa sorte à noiva.

— Eu não sabia.

Faz-se uma pausa. Durante um instante, quase parece que Barrett e a moça são o noivo e a noiva.

— Obrigada — diz ela e sai da loja. Barrett volta a dobrar camisetas.

*

Liz chega quase uma hora depois. Seu rosto está diferente, embora Barrett não consiga interpretar essa versão desconhecida da patroa, essa expressão que nunca viu antes. Só lhe ocorre rotulá-la de serenamente assustada.

— Tudo bem por aqui? — pergunta ela.

— Tudo ótimo — responde Barrett.

A Rainha da Neve   191

Liz tira o casaco e vai pendurá-lo num gancho na sala do estoque. Volta e se põe, ereta, atrás do balcão, checando a caixa registradora, como uma solteirona gerente de pensão contaria as colheres após o fim do jantar.

— Tudo em ordem com você? — pergunta Barrett.

Ela para e reflete:

— Eu estava no apartamento. Com Tyler.

Barrett vai até o final da loja e arruma os skates pendurados na parede.

— Acho que não vamos encomendar mais skates — observa Liz.

— Eu gosto dos skates. Eles vendem bem. Às vezes.

— Estão começando a parecer meio... Meio inadequados — prossegue Liz. — Dão a impressão de que nos esforçamos para ser moderninhos.

— Saquei.

— O negócio com Tyler é o seguinte: não consigo conversar com ele ou só consolá-lo, do jeito que a maioria das pessoas faria.

— Você foi lá. Garanto que era tudo de que ele precisava.

— Eu nunca quis ser uma dessas mulheres — insiste Liz.

— Que mulheres?

— Essas mulheres maternais, você sabe, feitas para consolar...

— Você não é esse tipo de mulher. Esse é um dos motivos que nos levam a gostar de você.

Ela diz:

— Eu bati no meu pai quando tinha quinze anos.

— Sério?

— Ele era violento. Nunca lhe contei isso, contei?

— Não, você não fala muito sobre a sua família. Bem, finalmente me contou da sua irmã, mas só porque era Réveillon, teve drogas, milagres...

— Ele não era violento do tipo que precisa ser denunciado à justiça — diz ela. — Só violento normal, ficava furioso e nos dava tapas com as costas da mão, na minha mãe, minha irmã e em mim.

Faz-se um silêncio.

Em seguida, ela diz:

— Durante um bom tempo isso parecia, sei lá, parte das nossas vidas. Coisas que acontecem. Só que uma noite a minha irmã chegou tarde. Ela devia ter uns treze anos na época. Namorava um calouro de faculdade. Uma grande conquista para uma menina tímida e bonita. Ficou pasma quando começou a nona série e, de repente, começou a sair com esse cara quentíssimo. Chegou em casa meio tarde uma noite, e o nosso pai lhe deu uma bronca e depois começou a acusá-la de transar com o garoto. De transar com aquele arruaceiro, como chamava meu pai.

— E ela estava? Estava transando com o garoto?

— Claro que sim. Mas disse que não ao nosso pai. Mas ele bateu nela do mesmo jeito.

— Ai!

— Nada além do que normalmente acontecia. Mas naquela noite, sei lá, minha irmã estava tão feliz, não estava fazendo nada de errado, tinha se apaixonado pela primeira vez, e não aguentei ver meu pai castigá-la por causa disso.

— Talvez treze anos seja muito cedo para transar — diz Barrett, acrescentando rapidamente: — Não que ninguém mereça apanhar por isso.

— O namoro com o garoto, não me lembro o nome dele, não durou muito tempo, e anos depois ele morreu num desastre de trem na Europa...

— Continue com a história, está bem?

— Bom, peguei uma daquelas pazinhas de ferro que ficam na lareira, sabe, que a gente usa para recolher as cinzas? Acho que nem pensei no que estava fazendo. Acertei meu pai com ele. O nosso pai. Na cabeça.

— *Aí*, garota. Opa, será que me excedi?

— Não bati com muita força, quer dizer, eu nunca tinha feito nada do gênero. Era agressiva, brigava na escola, eram brigas de garotas. Jamais tinha acertado alguém com um objeto. Foi mais um empurrão que um ataque.

— E...

— Ele se virou e me encarou. Totalmente atônito. Como se tivesse visto alienígenas pousarem na terra. E eu pensei "Nossa, agora eu detonei alguma coisa, hein?".

— E então você...

— Tornei a bater nele. Com força dessa vez. Bem na cara.

— Fala sério!

— Ele caiu. Não *caiu* caiu, tipo ficou meio de joelhos. Parei ao lado com aquele troço de ferro na mão. E disse a ele: "Se você bater de novo na gente, eu te mato". Falei isso.

— E ele...

— Foi a coisa mais estranha. Eu era uma garota de quinze anos com aquela arma de nada, ele podia ter pulado facilmente em cima de mim, podia ter me matado. Mas não fez isso. Sequer se levantou. Ficou de joelhos no chão. E me deu um olhar terrível. Muito diferente do que eu esperava. Foi um olhar... Um olhar de derrota. Como se dissesse que tudo que eu precisava ter feito, que qualquer de nós precisava ter feito, era mandar que ele parasse.

— Nossa.

— Foi meio... Espantoso. Depois disso, ficamos os três sem saber o que fazer. Comecei a me sentir ridícula. Em pé ali com aquela pazinha na mão. Não me senti heroica. Então, passado um tempo, ele se levantou e saiu da sala. Subiu. Foi para o quarto dele e da minha mãe, fechou a porta e ponto final. Apareceu para o café na manhã seguinte como se nada tivesse acontecido.

— E depois?

— Ele jamais bateu na gente de novo. Tem mais. Isso é estranho. Dali em diante, era como se ele sentisse medo de mim e também talvez me amasse um pouco mais que antes. Mas quer saber? Desde então eu me sinto tipo: nenhum homem vai se meter comigo. Tenho certeza de que já me sentia assim há bastante tempo, eu meio que me vi virando... *eu mesma*, na noite em que acertei meu pai com aquela pazinha.

Barrett não consegue ignorar a convicção de que deveria dizer algo e também não consegue pensar em nada para dizer.

— Tem uma coisa engraçada — prossegue Liz. — Minha irmã também ficou com um pouco de medo depois. Embora eu a tivesse salvado. Eu a salvei, de certa forma, mas isso não nos uniu. Parece ter significado que eu era perigosa de um jeito que ela jamais pensou que eu fosse.

— O que exatamente você pensa sobre tudo isso agora?

— Agora minha irmã é esquizofrênica e toma remédios que a deixam lerda e gorda, voltou a morar com os nossos pais...

— Por que está pensando nisso *agora*?

— Porque. Suponho que seja porque hoje houve um momento com Tyler, que... Bom, que me fez lembrar daquela noite. Com meu pai.

— Você não bateu em Tyler.

— Acho que nunca me apaixonei de verdade — diz ela.

— Nunca?

— Ora, eu amei todo tipo de homem. Alguns mais que outros. Mas tem uma outra coisa que as pessoas dizem, Beth costumava dizer, que eu nunca *assumi* de verdade. É uma sensação de entrega, de... Não sei exatamente como descrever... de troca, de morar noutra pessoa e deixar que ela more na gente. Não estou me expressando direito...

— Não, tudo bem. Entendi.

— Jamais senti isso. Jamais senti falta, também. Até... É engraçado. Até agora. Tive vontade de sentir isso com Tyler.

— Tyler não é seu amante.

— Eu só não consegui consolá-lo. E eu queria. Por ele. E por Beth. Acho que eu queria fazer o que Beth teria feito.

— Beth era um tipo diferente de pessoa — diz Barrett.

— Claro que era. Mas fazer o que for preciso para outra pessoa se sentir melhor não exige um talento tão grande. A maioria de nós consegue fazer isso.

— Tyler gosta de você. Tyler respeita você. Você provavelmente fez mais por ele do que imagina.

— Quer saber? Não estou propriamente pensando em Tyler neste exato momento. Estou pensando em mim. Estou pensando nessa coisa humana perfeitamente simples que eu não sei fazer.

— Você pode fazer um monte de outras coisas.

Liz folheia novamente os recibos.

E diz:

— Tive a ideia mais estranha vindo para a loja. Comecei a pensar, a me perguntar... Sempre achei que ganhei do meu pai. Eu fiz com que ele parasse de bater na gente. E quando vinha para cá, dentro do metrô, comecei a me perguntar se não foi ele quem ganhou, no final das contas. Se não ganhou fazendo com que eu batesse nele.

Ambos se calam um instante. Barrett agradece em silêncio a todos os clientes que não entraram na loja.

Liz, finalmente, fala:

— Você acha mesmo que os skates não parecem levemente apelativos?

— Acho. Talvez a gente deva misturá-los com algo um pouco mais sofisticado. Que tal umas jaquetas de couro top de linha? Novas, não só vintage.

— Você poderia cuidar da loja se eu saísse um tempinho? — pergunta ela.

— Para ir aonde?

— Sei lá. Eu gostaria de ir a algum outro lugar. Só por um tempinho.

— Isso é meio repentino, não acha?

— Você teve notícias do Andrew ultimamente? — indaga Liz.

— Ele me ligou. Quer me encontrar no Central Park hoje à noite, sei lá por quê.

— Legal.

— Está mais para peculiar. Isto é, por que eu?

— Ele gosta de você.

— Ele não gosta mais ou menos de todo mundo?

— Talvez seja porque você gosta dele. Ninguém mais gostava — sugere ela.

— Os outros só achavam que ele... Que ele não combinava com você.

— Ele ainda está com a Stella?

— Hã, hã.

— Não me olhe desse jeito. É bom, é bom. Para ele.

Barrett diz:

— Ela é meio...

— Ela não é lá essas coisas, sei disso. É tecelã, sabia?

— Ah, bom, ela só é meio estranha. Parece uma professora de ioga e, é mesmo tecelã, tem até um tear...

— Mas ela é legal — emenda Liz.

— É. Quer ouvir uma coisa engraçada? A última vez que estive com os dois, ela me disse que é paranormal.

— Mas ela adora o Andrew. Andrew precisa de alguém que goste dele.

— Por que você ficou com ele tanto tempo? Nunca cheguei a perguntar. Achei que seria grosseiro.

— Ah, sabe como é... — responde Liz. — Ter Andrew por perto meio que dava conta de tudo. Ele era sexy e meio boboca e jamais criava problemas. Menos uma coisa para me preocupar.

— Como arranjo não era dos piores.

— Acho que não vou conseguir outro.

— Outro o quê?

— Outro garoto tolinho e sexy que fique comigo até cair na real e arrumar uma garota da idade dele. Acho que para mim basta disso.

— Provavelmente é melhor assim.

— Você está apaixonado por Sam? — indaga Liz.

— Ah, não sei. Tem só uns poucos meses...

— Pelo que dizem, você vê logo.

Barrett diz:

— Ele não se parece em nada com quem eu estava esperando.

Liz assente, como se ouvisse uma notícia — nem boa nem má — há muito prevista.

— Andei pensando — diz ela — que eu talvez queira passar um tempo na costa oeste. Na Califórnia, talvez.

— A Califórnia é o máximo.

— Talvez eu vá. Estou pensando nisso.

— Posso cuidar da loja, se você quiser.

— Você é melhor nisso do que eu, a esta altura.

— Não é verdade.

— Você é uma pessoa mais legal. Dá atenção aos clientes. Se importa com eles. Eu apenas espero que comprem, sem ter que perder tempo para convencê-los.

— O que você pretende fazer na Califórnia?

— Não sei. Por enquanto não vou além da ideia de ir para lá, mais nada.

Barrett pergunta:

— Você às vezes pensa naquela luz?

— Que luz?

— A que a gente viu. No céu.

— Não, acho que não. Você pensa?

Barrett assente com tristeza:

— O tempo todo.

— Mas você não viu de novo, viu?

— Não, não vi.

— Benzinho, você estava chapado. Você estava... Ora, quem sabe o quê. Tinha acabado de levar um chute do babaca número 17. Por que não haveria de querer que um avião por trás de uma nuvem fosse algo mais?

— E então a Beth melhorou...

Liz lhe lança um olhar calmamente compadecido:

— E então morreu.

— Eu sei, mas ela teve aqueles meses, não foi?

— Só não acho que uma luz no céu teve algo a ver com isso.

Barrett diz:

— Eu não paro de esperar... Alguma coisa.

— Que seria...

— Um outro sinal, imagino. Uma continuação.

— Um sinal de...

— De que existe algo mais do que apenas nós. Você sabe, mais que procurar o amor e pensar aonde ir para jantar e vender colares para a coitada de uma garota que está prestes a casar com o cara errado...

— Todo mundo quer que isso seja verdade — atalha Liz.

— E se for?

— Certo — diz ela. — E se for?

Seu tom é de conciliação paciente e levemente contrariado. Lógico, benzinho, e se o quadro do mercado de pulgas acabar sendo uma obra desconhecida de Winslow Homer? E se o número em que você joga há tantos anos desta vez sair na loteria?

Um instante depois, um casal entra na loja, dois homens jovens ostentando cortes de cabelo pós-punk. Um diz ao outro:

— Brilhe, Neely, brilhe.*

Liz lhes dá boas-vindas.

— Oi — retribui um deles, enquanto o outro ri, como se o namorado tivesse contado uma piada.

— Avisem se quiserem ajuda — fala Liz.

— Avisaremos.

Os jovens começam a olhar a mercadoria. Liz volta aos recibos. Barrett volta às camisetas, embora todas já estejam dobradas.

---

* Alusão ao livro *O Vale das Bonecas*, depois transformado em filme, em que Neely O'Hara é uma garota que se torna cantora de musicais da Broadway, mas sucumbe ao vício de barbitúricos e álcool, entrando em completo declínio. (N.T.)

São quase três horas, o que significa que Liz foi embora do apartamento há mais de quatro. Tyler está deitado no sofá desde então, flutuando em seu nimbo de sensações, pensando em Liz e na música.

Aquela coisa com Liz... Humm. Aquela coisa com Liz...

Há quanto tempo vêm transando? Desde o diagnóstico de Beth? Mais que isso? Estranho da parte deles terem mantido segredo a esse respeito; logo os dois, que quase não têm segredos, não exatamente por princípios morais, mas porque a verdade é muito mais fácil, a verdade está sempre à mão e não exige esforço para alterações ou melhorias.

Quando pararam? Deve ter sido quando Beth se recuperou, embora Tyler tenha a sensação — mais um sonho vagamente recordado do que uma lembrança — de que o caso durou mais que isso. Lembra-se menos do sexo do que da vergonha; da convicção de que ele e Liz, já próximo do fim, praticavam um ato vergonhoso. Embora não possa negar seu flerte com a vergonha o tempo todo.

Sentira-se tão solitário e apavorado conforme Beth fenecia... Liz estava lá. Liz era tão pouco sentimental quanto possível.

Tyler prefere, sempre preferiu, não considerar seriamente (não com seriedade, não com profundidade) a possibilidade de que, para Liz, a atração tenha residido todo o tempo em sua meia-idade ligeiramente repulsiva; que ele seja, para ela, o não Andrew — não um jovem olimpiano sem expressão no rosto, não um visitante de um mundo paralelo habitado por uma juventude com hormônios esfuziantes, não um Ariel que logo partirá para praticar outros encantamentos, mas tão somente um João qualquer, Mister Fácil, Mister Grato.

Ele e Liz jamais falaram do seu caso com pessoa alguma, jamais falaram dele um com o outro. Era algo que faziam, mas não um tópico de conversa.

Tyler sequer contou a Barrett.

O engraçado: provavelmente Barrett seria o mais incomodado. Barrett se sentiria rejeitado. Barrett, afinal, é quem se considera deposto; que foi, ao que parece (a Barrett), a certa altura o herói da história, fervilhante de possibilidades, filho bastardo de Hamlet e Oscar Wilde; Barrett, que vagava pelos corredores da escola secundária em sua invisível cota de malhas de lamê prateado, ascendendo graciosamente a reinos superiores aos dos baseados e do violão do irmão mais velho, à banalidade do seu desempenho como membro da equipe de futebol americano; Barrett, que, no momento seguinte (ou assim parece a Barrett), procurava moedas perdidas entre as almofadas do sofá, perguntando a si mesmo se as sobras do jantar não estariam já estragadas, imaginando se o amor viria no próximo trem ou no seguinte, alerta ao apito que anuncia sua chegada.

Beth não se incomodaria se soubesse que Tyler estava fodendo sua melhor amiga. Ela saberia direitinho que significado extrair e não extrair disso.

E aí, indesejável... pior que indesejável, *reveladora*, porra... ressurge uma lembrança insidiosa, aguda e estranha como a neve caindo no quarto.

Sua mãe (e mãe de Barrett, tente lembrar-se desse fato) está empoleirada na arquibancada, na primeira fila, usando uns óculos excêntricos e uma echarpe elaborada. O pai deve ter saído para pegar coca-colas ou a manta que ela insistira não ser necessária. Tyler, tendo marcado o primeiro ponto do jogo (por pouco, é verdade), sabe que precisa postar-se diante dela (seus triunfos são raros), apresentando-lhe em reverência a espada do gladiador, a orelha do touro decepada pelo matador. Está de capacete e ombreiras almofadadas, fantasiado, potentemente impessoal com listas negras de graxa debaixo dos olhos.

— Mãe!

Ele aprecia, momentaneamente aprecia, a própria irreconhecibilidade, em seu figurino de jogador — assim, de armadura, pode ser o filho de qualquer mulher. *Escolheu* essa mãe, com enormes brincos de argola, o cabelo negro curto qual um capacete, o potente aroma de magnólia da sua *colônia sei-lá-o-quê*. Sente-se desempenhar não um dever filial, mas um ato de galanteria.

Ela, naturalmente, também está fantasiada. A tarefa de Tyler é fazer parte. A dela (em suas próprias palavras) é "se apresentar em sua melhor forma".

A mãe olha do alto da arquibancada, três metros acima do rosto erguido de Tyler (tão pouco dele revelado: olhos que lembram a água turva de um lago acima dos traços de graxa, a tímida protuberância do nariz debaixo da proteção que lhe dissimula a boca). Ela envolve, com os braços vestidos em cashmere, coquetemente, o cinza pálido da balaustrada de metal (será que tem noção do quanto é óbvia, afetada e *produzida* em seu numerito de condessa destronada... deve ter, é inteligente demais para ignorar, deve haver algum motivo oculto). Inclina-se para a frente e para baixo, exibindo o rosto maquiado (granuloso com o pó compacto, que a iluminação do estádio destaca, no tom rosado póstapa que ela usa), e diz:

— Bonita jogada.

— Obrigado.

Olha à volta teatralmente, uma atriz amadora numa peça de segunda, buscando com uma expectativa elaborada alguém que a plateia sabe que se perdeu ou sumiu ou morreu. Então, diz (tem de falar alto para conseguir ser ouvida):

— E o seu irmão onde está?

Para enfatizar, ela torna a olhar, examina a multidão como se esperasse ver Barrett, um Barrett mais reconhecível, presente com alguns amigos para assistir ao irmão jogar.

Tyler balança a cabeça sob o capacete. A mãe emite um suspiro de anfitriã de um jantar que não saiu exatamente como manda o figurino, suspiro este audível mesmo com o barulho da multidão. Para Tyler, a pergunta jamais se cala: por que ela imita tão ostensiva e levianamente outra pessoa? Quando virá à tona sua ambição mais profunda, mais sutil?

Tyler diz:

— Ele nunca vem aos jogos.

— Nunca, não é?

— Os interesses dele são outros.

— Ele é uma figura, não? — diz ela, à guisa de resposta.

É difícil imaginar um momento menos apropriado para tais palavras. Estará ela de fato fazendo esse anúncio aos pais de Harrisburg, às chefes de torcida e aos membros da banda?

Tyler responde:

— Sim, até certo ponto.

— Fique de olho nele, ouviu?

— Ah, claro.

— Falo sério. Não quero que ele arrume encrenca.

— Que tipo de encrenca?

Ela para, como se essa pergunta específica não lhe tivesse ocorrido até agora.

— Ele não devia ser estranho. Não devia ficar o dia todo no quarto lendo.

— Ele é legal — diz Tyler. — Quer dizer, ele vai ficar legal.

— Espero que você tenha razão — responde ela, e, com um meio-sorriso pesaroso, se acomoda novamente no outonal desconforto gelado do seu assento de arquibancada.

Aparentemente, o pronunciamento foi feito e aparentemente precisava ter sido feito na arena. Barrett é estranho. Barrett tem propensão à derrota e necessita de vigilância.

Tyler volta trotando para o campo. Sabe que concordou com alguma coisa. Não é capaz de imaginar exatamente com o quê. Já desconfia, contudo, de que lhe deram mais do que pode cumprir.

Agora, mais de vinte anos depois, esta pergunta: será que cuidou de Barrett com ardor demasiado? Será que o desestimulou sendo o irmão mais velho incansavelmente compreensivo, o sujeito que jamais questiona nem critica?

Tyler tira do bolso o minúsculo envelope.

Opa, tem também este segredo, não é mesmo?

É para agora, para esta última canção, e não dá para esperar, de fato, que alguém, *quem quer que seja*, aceite, não depois que implodiu (descalço, resmungando imprecações na Cornelia Street), não depois das longas e dolorosas conversas sérias com a psiquiatra do hospital (quem haveria de esperar uma mulher com o cabelo mal tingido e levemente manca?), não depois da reabilitação (por insistência de Barrett e Liz), não agora que sua história foi tão cuidadosamente reimaginada.

E, na verdade, não é uma recaída. Não uma recaída genuína. Ele não gosta desse troço, não tanto assim. Ele gostava muitíssimo de cocaína, mas cocaína não era uma boa ideia. Com a cocaína ele se estapeava para ficar acordado. Por que não lhe ocorreu que a música tem de vir do mundo do sono? A música é o estranhamento familiar das visões noturnas — o menino-fera dando cambalhotas na trilha que contorna árvores centenárias, cantando com uma voz que entendemos ser aguda e cristalina e não exatamente humana, inaudível à distância de onde ele pratica sua dança de potro selvagem. O truque é continuar sonhando por tempo suficiente para chegar a um ponto de onde se possa ser ouvido.

Tyler percebeu, acabou por entender, que se enganara quanto a escrever canções. É um desses erros que se infiltra tão profundamente no cérebro que não permite outra coisa a não ser pensar como contorná-lo, sem jamais imaginar que a ideia em si possa estar errada. Por que não descobriu isso anos atrás? A música não é algo que se alcance, é algo que deixamos entrar. Todo esse tempo teve uma atitude machista, tentando derrubar as canções com um golpe de luta, como um ridículo caçador desarmado que insiste em pegar com a mão pássaros que voam, quando o certo a fazer, na falta de flechas, na falta de lança, é esperar em silêncio, pacientemente, que o pássaro pouse.

A heroína é uma resposta melhor. A heroína abre mais a porta. Com a heroína, Tyler consegue ouvir os sons. Os últimos gemidos de animal ferido de Beth; o murmúrio grave das suas lástimas e autorrecriminações; o murmúrio mais grave ainda da própria Terra; o grito não gritado preso para sempre na garganta de Tyler (de todo mundo?), aquele som alto e agudo que não significa senão o desejo de ter mais, o desejo de ter menos, a estranheza impossível de tudo.

Que se dane a era vindoura. Prepare-se para ela. Prepare-se para um velho presidente desalmado e velhaco; para uma vice-presidente que acha que a África é um país e não um continente; que, de helicópteros, atira em lobos.

Com a heroína, Tyler pode deixar isso entrar. Pode pensar em fazer música.

O truque: contê-la nos limites do esquecimento, sem ultrapassá-los. Deixar essa entidade sombria, cintilante, entrar, mas mantê-la no outro extremo, contra a parede distante; insistir para que ela espere, com todo aquele sono em seus bolsos, com aqueles olhos serenos e compadecidos; usar apenas uma dose suficiente de heroína para conseguir enxergar a figura, velada e amistosa, mas ainda assim mantê-la ao largo, evitar a escuridão que ela quer impor, de modo que os sons indesejáveis, os gemidos de hospital, os gritos distantes de triunfo brutal possam penetrar e infectar o ar sem nos levar à loucura. Sem nos mandar descalços para a Cornelia Street.

Tyler cheira duas carreiras (nada de agulhas, ele não é um sujeito de agulhas) e parece, um instante depois, ter ficado de pé. É engraçado. Levemente engraçado. Estava deitado no sofá e agora está em pé. Em pé neste cômodo vazio, onde, ao que tudo indica, ele mora. Há música em sua cabeça, música ao longe, algo que lembra o som de um baixo; mais latejamento que melodia, mas, acima desse som, dá para ouvir uma melodia; não, não uma melodia (palavra tola)... um canto. Gregoriano (uma espécie de), ele pode ouvir isso, também, um murmúrio de vozes graves, urgentemente contemplativas, como contas de um rosário sendo cofiadas rapidamente, mas com um cuidado infinito e treinado; então... algo prateado, ascendente, uma voz que lembra uma clarineta, cantando numa língua desconhecida; cantando (faz sentido — de alguma forma, faz sentido) esperança e devastação como se fossem a mesma coisa; como se no vocabulário dessa língua houvesse tão somente uma palavra para expressar ambas as condições; como se a esperança implicasse destruição, e a destruição implicasse esperança tão inevitavelmente que apenas um nome fosse necessário.

E então, ao que parece, ele abriu um das janelas e está sentado no parapeito.

Lá embaixo, entre os pés que balançam, fica a Avenida C, quatro andares abaixo. Lá vai uma mulher num vestido florido arrastando um velho *schnauzer* numa coleira. Tem uma outra mulher, de vestido roxo (irmãs?), remexendo numa lata de lixo. Tem a calçada em si, cor de bosta de elefante, cheia de círculos escuros de chicletes há muito descartados. Tem uma sugestão de vento, vento fresco, acariciando a barra da sua calça jeans.

Ele podia escorregar do parapeito. Não podia? A impressão, no momento, é de estar deslizando para dentro de uma piscina. Haveria aquele instante de entrega iminente, permeado de hesitação — será que a água está fria? E depois a imersão.

Ele senta no parapeito, olha para baixo, a música tocando em sua cabeça. Parece se aproximar do menino selvagem na floresta; está próximo o bastante para conseguir ouvir a sugestão da voz do menino no ar agitado; próximo o bastante para se dar conta de que, afinal, não se trata de um menino, não se trata exatamente de um humano, e existe algo de errado com seu rosto.

A água no porto vai ficando opaca sob o sol quase sumido, salpicada aqui e acolá pela derradeira claridade ouro-alaranjada, uma claridade que já não cintila, uma claridade que cheira a mofo, como oriunda de um passado mais brilhante do que permitiria a memória, mas, ainda assim, ligeiramente desbotado pela passagem de décadas. Uma barcaça enorme, sua enorme plataforma flutuante marrom (nessa dava para pousar um bimotor), adquire um tom de cobre sob os últimos raios de sol. A barcaça parece feita de um metal semiprecioso; um metal que Barrett, de pé na proa do ferry, só consegue pensar ser prosaicamente precioso, procurado e cobiçado por industriais, não por reis.

A mãe deles foi atingida por um raio num campo de golfe Por que uma tragédia cômica? Barrett e Tyler já conversaram muito a respeito. Por que uma mulher que era séria e inteligente, imprevisivelmente generosa ou distante, dependendo do momento (ainda é difícil imaginar outra pessoa capaz de fazer tanto sentido para si própria e tão pouco para os outros), que acreditava em roupas bem cortadas, usava batom coral, flertava ostensivamente com entregadores e era direta (um tantinho mais do que Barrett gostaria) quando se queixava (a casa distante demais da cidade, o colar de pérolas herdado roubado por uma camareira de hotel — quem mais poderia ter roubado?), a decisão de largar o curso na Bryn Mawr para casar-se com o pai deles (como saber então que Nova York levaria à Filadélfia e a Filadélfia, a Harrisburg?), com propensão a se deixar absorver de tal forma por um livro a ponto de se esquecer de preparar o jantar... Por que aquele final específico para ela? Por que um acidente que só podia ser contado como piada de mau gosto? Como é possível que Betty Ferguson, sua parceira de golfe — Betty, de quem ela não gostava especialmente ("Betty é uma daquelas mulheres que acreditam em combinar sapato com bolsa", "Betty é uma daquelas mulheres que cada vez mais se parecem com homem quando envelhecem") —, teve permissão para se levantar durante o enterro e anunciar que a mãe deles estava a três palmos abaixo do par naquele dia fatídico?

Barrett e Tyler não são meramente órfãos, mas parte de uma brincadeira pavorosa, desde crianças; são os súditos de um deus que aparentemente prefere piadas ao choque alvejante da ira.

E ali, agora, exposta diante de Barrett, está a grande extensão de água sombria que tão placidamente recebeu as cinzas de Beth.

Há um olho na água. É por isso que Barrett continua fazendo essas viagens de ferry.

O que é diferente quanto ao olho na água, o que o distingue daquela luminosa efervescência noturna anterior, é o fato de Barrett jamais tê-lo visto. Ele sabe da sua existência, porém. Sabe que nessas viagens solitárias, de ida e volta a Staten Island, ele é... capturado. "Observado" não é a palavra correta. "Observado" sugere uma intenção para-humana que

Barrett não sente emanar do porto movimentado e repleto de tráfego. Mas teve essa sensação naquela primeira noite, quando as cinzas de Beth foram espargidas ali. Beth se juntou à água, não que ele acredite em todas aquelas bobagens sobre fantasmas (fodam-se), mas foi como se ela, seus restos mortais (que um aspirador de pó teria sugado em dez segundos), se juntasse a uma enorme entidade sem inteligência, mas dotada de consciência, e Barrett sabe (será que está enlouquecendo ou ficando são?), ele sabe disso hoje e sabia naquela noite: que o mundo é inanimado, porém não inconsciente; que Beth é agora parte de algo demasiado majestoso e vasto para ter pensamentos e reações, mas que, a seu jeito, pulsa.

É um delírio. Provavelmente um delírio. Mas desde que ajudou a espargir as cinzas de Beth, Barrett continua a voltar ao porto, como se ele fosse seu verdadeiro e desalmado pai desumano, um pai que não tem objetivos ou ambições em prol dos filhos; que não sente orgulho nem decepção. Barrett não consegue se livrar da convicção de que há um olho na água, jamais visível, mas sempre presente, nem feliz nem triste por vê-lo, mas de certa forma atento ao fato de que ele voltou.

Tyler achou alguém para ser mãe deles, não foi? Essa é uma ideia que Barrett pode contemplar apenas quando está no ferry. Pode ser verdade; pode não ser. Tem um quê de idiotice. Mas Beth era tão diferente das outras namoradas de Tyler. Tyler passou a sair com ela quando a vida de Barrett começou a... *desmoronar* é excessivamente melodramático (Barrett, não se imagina como personagem de um filme B — nem, a bem da verdade, como alguém saído de um romance de Dostoiévski)... melhor chamar de uma escorregada, começou a ratear, a tal ponto que não lhe restou escolha senão ir morar com Tyler.

Morar com Tyler e com Beth. Beth que era doce e amável, a mesma pessoa todos os dias. Beth que disse naquela noite na cozinha, no Réveillon, que Barrett e Tyler deviam saber como se apagam as luzes de uma casa, deviam saber que chega uma hora em que a questão de bem versus mal não mais importa.

Será possível, ainda que remotamente, que a verdadeira ambição de Barrett na vida consista em insistir em se ver como irmão caçula de Tyler?

Barcos contra a corrente que nos leva inexoravelmente ao passado. Foda-se, F. Scott Fitzgerald.

Então, diga. Diga para você mesmo. Quando Beth se recuperou, você acreditou que sabia — desconfiou de que sabia — o que a luz pretendera lhe dizer: que você reproduzia sua infância com Tyler e que essa mulher, dessa vez, não iria atrair a atenção de um deus piadista.

O que significaria que aquela luz mentiu. E que a água está dizendo a verdade.

*

Uma hora mais tarde, depois que Barrett fez a viagem de ida e volta a Staten Island, Sam o aguarda, exatamente como disse que faria, no centro da cidade, no parque, na Fonte Bethesda. Barrett o vê da balaustrada que fica acima da esplanada da fonte. Sam está sentado na mureta da fonte, debaixo do anjo — o anjo-camponesa, vigoroso e sólido, contemplando não o céu, em êxtase, mas olhando para baixo, sério, hipnotizado pela terra, do seu pedestal de bronze, a água jorrando à sua volta enquanto estende um braço e segura, com o outro, sua lança de lírios.

Barrett se demora um instante junto à balaustrada. Pode ver Sam, mas Sam não pode vê-lo. Pode observá-lo em um interlúdio de privacidade; o Sam que não conhece Barrett está ali; o Sam que existe privadamente, que não muda seu jeito de ser (se é que o faz, afinal) para agradar Barrett.

Sam se senta solidamente, os pés plantados nos tijolos, as mãos nos joelhos, como quem descansa um instante da labuta intensa que prosseguirá após esse curto período de descanso, obrigatório pelo sindicato. Parece um operário tirando uma folga. Veste o jeans de carpinteiro de que tanto gosta e a jaqueta Carthartt de veludo cotelê cinza que Barrett lhe deu de aniversário na semana anterior, uma jaqueta mais apreciada por Sam do que por Barrett (é um sinal de amor, não, a capacidade de dar um presente que quem recebe quer mais do que quem dá?); Sam nutrindo, de fato, essa devoção especial pela modéstia operária, esse desejo obscuro de ser confundido com um operário de construção, quando, na verdade, ensina literatura inglesa e americana do século 19 em Princeton.

Sam se comporta como um visitante de outro planeta, onde os padrões são diferentes e onde ele é considerado um prêmio. No planeta de Sam, as feições ambicionadas incluem uma cabeça excessivamente grande com olhos cinzentos tão apartados a ponto de criarem uma imagem desconcertante; um mero parêntese como nariz (aumentando mais ainda o efeito da cabeça enorme) e uma boca ampla, equina, sobre um queixo tão amplo e equino que é possível para quem isso vê imaginar-se segurando um torrão de açúcar para ser farejado com curiosidade e depois, com uma ligeira carícia na palma da mão que o oferece, aceito.

Sam passeia pelo mundo com uma certeza tão ostensiva que, embora ninguém jamais o tenha chamado de bonito, quase todos que o conhecem já o chamaram, de uma ou outra forma, de surpreendentemente sexy.

Ele e Barrett se conheceram faz apenas cinco meses em uma delica-téssen coreana na Broadway. Ambos examinavam a geladeira, atrás de uma cortina, naquele estilo levemente perturbador com tiras de plástico transparentes que sugerem alguma clínica remota e empobrecida onde faltam remédios, capaz de manter as moscas ao largo dos mortalmente doentes, mas pouco mais que isso.

Barrett e Sam começaram a discutir os méritos da Coca-Cola versus Pepsi-Cola.

Numa terça-feira, a caminho de casa, a gente pensa: vou parar naquela mercearia onde nunca fui antes e comprar uma coca-cola. Numa terça-feira, às seis e trinta e dois. Ali tem um cara junto à geladeira, cara no qual a gente não pensa duas vezes, e por isso é natural, não demanda coragem ou esforço antes de perguntar: "Você é Coca ou Pepsi?". Não espanta que o cara nos olhe, que nos dê um sorrisinho contemplativo, como se a pergunta fosse séria, para valer, e diga: "Pepsi. Sem dúvida. Coca é Beatles, Pepsi é Rolling Stones".

Então, é apenas meio surpreendente que a gente veja naquele olhar uma profundidade acolhedora, que a gente veja ali um fastio resignado, que a gente imagine — achando que nada sairá daí — que, por algum motivo, a gente se imagine sentado com a cabeça no colo dele, acariciando aquele cabelo cinza metálico (ostensivamente sujo) e dizendo "Descanse, descanse só um pouquinho".

Sam não faz o tipo de Barrett (embora Barrett insistisse, até os dois se conhecerem, que não tinha tipo algum). Sam não é jovem nem tolamente otimista; não é um pugilista de ombros largos; não é alguém que Eakins almejasse pintar.

O amor, ao que parece, chega não só sem aviso, mas também acidentalmente, de forma tão aleatória que faz a gente se perguntar por que acreditava, por que haveria de acreditar, ainda que por segundos, em causa e efeito.

Barrett se detém um pouco mais junto à balaustrada, observando Sam. Quando será que este, pergunta-se Barrett, lhe dará um chute por meio de um e-mail ou de uma mensagem de texto? Ou será que simplesmente deixará de retornar seus telefonemas? Afinal, trata-se de uma tradição para Barrett. Tradição que se recusa a não se repetir.

Barrett pensa — pensa por um instante — em dar meia-volta e ir embora do parque; em ser, dessa vez, aquele que some, o homem que deixa o outro matutando, que não dá explicação, nem mesmo a amarga satisfação de uma briga de verdade; que simplesmente se afasta, porque (ao que parece) existe afeição e existe sexo, mas não existe urgência, não existem correntinhas para impedir a partida, não existe compromisso nem devoções obstinadas ou pedidos de piedade, não quando a piedade pode ser tão facilmente autoconcedida. Como seria, cogita Barrett, tomar o lugar do outro, do dono da modesta porção que considera suficiente, que se afasta antes que a maionese desande, antes de se dispor a ouvir acusações e recriminações, antes que as autoridades comecem a inquirir Quando, Por Que e Com Quem?

Beth teve pouco mais de cinco meses. Do nada. Foram-lhe concedidos três meses e quatro dias até a doença voltar furiosamente, e entre os pesares de Barrett (ele cultiva o que gosta de considerar um número apropriado deles) está o fato de ela ter voltado a ficar tão doente tão depressa, de jamais ter havido um momento, um momento viável, para lhe perguntar se agradecia a suspensão da sentença capital.

Provavelmente. Barrett insiste que sim. Não foi mais ou menos o que ela disse no Réveillon? Ainda que não nessas exatas palavras, Beth não fez com que ele — ele e Tyler — soubesse que sentia prazer em ser abraçada pelos dois numa festa, mas que sabia (ou assim parece, em retrospecto) que era uma espécie de fantasma? Que alguma falha no sistema lhe permitira assombrar o mundo em forma corpórea, o que decerto — não é mesmo? — a deixava feliz? A menos que não; a menos que, com a volta do câncer, ela tenha se sentido duplamente traída, maltratada, sacaneada.

Sam, muito provavelmente, há de partir mais cedo ou mais tarde. Não foi, até agora, diferente com nenhum deles. Mas, com efeito, o tempo é tão curto. Barrett se empertiga e se dirige à escada que leva até a pequena esplanada em que o anjo se destaca com sua infinita paciência de bronze e onde Sam está à sua espera.

T endo fechado a loja, Liz não consegue se obrigar a voltar para casa. É ridículo, coisa de velha, imaginar-se temendo encarar o apartamento vazio — quem haveria de gostar de tamanho acesso de nostalgia? —, mas, ainda assim, depois de fechar a loja, ela vaga por Williamsburg num dos últimos finais de tarde amenos de novembro. Os bares e restaurantes na Driggs deixam vazar seu brilho dourado (esses restaurantes entendem um bocado de iluminação), estão lotados de gente que comemora, com fila na porta daqueles que têm seus nomes na lista e aguardam, rindo e fumando, na calçada. Todos têm vinte e quatro anos.

É a terra dos jovens, o que decerto poderia ser deprimente para Liz, embora ela esteja ciente — esta noite mais que nunca —, enquanto

A Rainha da Neve   215

passa despercebida pela Driggs, de como a juventude é temporária; de como é efêmera essa noite; de que, muito em breve, todos estarão trocando reminiscências, com os filhos pequenos correndo pela sala, sobre *aquelas noites em Williamsburg*. Talvez sejam a promessa e a prosperidade da juventude, a clara abundância de seus talentos que um dia venha a... não a destruí-los propriamente, mas a domá-los, a pô-los no rumo de casa, fazê-los tomar juízo. Eles não têm (ao menos, a maioria, no entender de Liz) tendência ao extraordinário — mudaram-se tão animados para Williamsburg, envergam com tamanha disposição suas roupas. Seria tolo, seria mesquinho, da parte de Liz denegri-los enquanto caminha, invisível, entre eles; seria uma maldade não lhes comunicar, telepaticamente, sua esperança de que sobrevivam tão bem quanto possível ao dia em que a corda começar a apertar (precisamos de uma casa maior, agora que o bebê vai fazer dois anos), ao ano em que entenderem que são excêntricos e charmosos agora, quando ainda trabalham com computação gráfica ou são técnicos de som, perfeitamente reconhecíveis por seus pares, mas (surpresa) membros do restante da população que envelhece, a versão mais recente (a versão hipster) dos quarentões (você, Liz) que ainda administram, de um jeito diferente, aquele brechó para putas de rodeio.

Ela não pode ir para casa, ainda não. Mas também não pode continuar vagando por Williamsburg, não por muito tempo.

Ela vira na Fifth Street e toma a direção da Williamsburg Bridge.

Sabe, claro que sabe, aonde está indo. O que estranha é o fato de não ter tomado tal decisão. Simplesmente segue em frente, somo se fosse inevitável, como se não houvesse outro rumo a escolher. A Avenida C, no início da noite, é a prima levemente mais boba da Driggs. Também ali há muito movimento, bares e cafés prósperos, embora em menor número — Liz atravessa um quarteirão inteiro e passa apenas por uma delicatéssen fluorescente, um quiosque de comida chinesa para viagem, uma lavanderia (ÚLTIMA LAVAGEM ÀS 21:00), um salão de tatuagem (sem clientes no momento), uma loja de conserto de bicicletas já fechada, e o prédio vazio do que foi uma pet shop (a vitrine ainda estampando, em letras prateadas, as palavras CANÁRIOS E OUTRAS AVES CANORAS), mas os jovens nesses bares e cafés (em sua maioria estudantes universitários, que passam a noite num bairro que consideram "tenso") mais parecem filhas e filhos de aristocratas de segundo escalão — uma garotada bonita, preguiçosa, bem alimentada, que se veste com estilo, mas não se fantasia, que não espera nem corteja a surpresa. Um rapaz usando um blazer falsamente ordinário (Ralph Lauren, como Liz é sempre capaz de identificar) chega à porta de uma taverna e grita para os amigos que fumam do lado de fora: "Eles acabaram de marcar outro".

Liz chega ao prédio, com sua fachada neutra de tijolos cor de couro, e aperta a campainha do 4B. Ninguém atende. Ela toca de novo.

Tudo bem. Foi poupada do vexame. Está na hora de chamar um táxi e ir para casa.

Mas, quando está virando as costas para partir, ela ouve a voz de Tyler, vinda de cima:

— Oi!

Liz experimenta um instante de impossibilidade. Tyler fala com ela do céu; Tyler morreu, está pairando acima do plano terreno...

Ela ergue os olhos. Tyler está no parapeito do quarto andar, semivisível acima da camada de claridade que vem dos postes de luz, como um entalhe num nicho do muro de uma igreja.

Liz grita:

— Que porra você está fazendo aí?

Tyler não responde. Baixa os olhos para ela com uma paciência benigna, olha além dela para o tráfego esparso na Avenida C.

— Desça daí — grita Liz.

Passado um momento de hesitação — uma pausa ligeiramente envergonhada, como se relutasse em fazer uma confidência —, Tyler diz:

— Eu não vou pular.

— É melhor mesmo, porra. Desça daí e abra a porta para eu entrar.

Tyler torna a olhá-la, com uma expressão de compaixão arrependida que Liz se lembra de ter visto em um anjo específico — provavelmente uma escultura da igreja da sua infância.

— Desça daí agora — diz ela.

Devagar, com uma resignação preguiçosa, Tyler sai da janela. Logo após, aperta o botão que abre a porta do prédio e Liz entra apressada.

O apartamento está destrancado e escuro. Liz encontra Tyler no lugar onde o deixou, horas e horas atrás: deitado no sofá numa posição natural. Ela refreia o impulso de se aproximar e lhe dar um tapa, com toda a força de que dispõe, na cara.

— O que foi *aquilo*? — indaga.

— Desculpe se assustei você — responde ele.

— O que você estava *fazendo*?

— Não tenho muita certeza. Eu queria sair do apartamento, mas não descer para a rua.

— Você não ia mesmo pular?

— Não. Quer dizer, pensei nisso. Eu estava *pensando* em pular. Não *ia* pular. Tem uma diferença, não?

— Suponho.

Como é possível que isso faça sentido para ela?

Ele diz:

— Estamos transando há anos.

— Sei disso.

— E nunca dissemos uma palavra a esse respeito. Nadinha.

— Sei disso também.

— Não parece estranho para você?

— Não sei. Acho que sim.

— A gente estava transando pelas costas de Beth. E de Andrew.

— Para você era mesmo uma espécie de traição?

— Não sei — diz ele. — Andrew teria se importado?

— Não. Bom, ele não se permitiria. Importar-se seria demasiado... contrário à pessoa que Andrew queria ser.

218   Michael Cunningham

— Você sente falta dele? — pergunta Tyler.

— Não.

— *Isso* não lhe parece estranho?

— Bom, claro, existem coisas, coisas de que sinto falta. Quase sempre ruins, para ser franca. Um garoto de vinte e seis anos na cama... Bom, deixa para lá. Mas, na verdade, a questão das drogas escapou um pouco do controle.

— Ele gostava de drogas, hein? Mas você também gostava.

— Eu gostava de cocaína à noite, de vez em quando. Andrew era muito mais... fixado nisso.

— Como acontece às vezes com as pessoas.

— E quem você acha — diz ela — que nos últimos meses vinha *pagando* as drogas?

— Acho que eu desconfiava.

— Não era o dinheiro, na verdade. Mas isso começou a me encher. Bom, entregar notinhas de vinte dólares para o traficante do seu amante mais novo é uma experiência que dá para dispensar, acredite.

— Eu acredito — diz ele. — Acredito em você.

— Beth também não se importaria. Se eu achasse que sim, jamais teria chegado perto de você.

— Mesmo assim, você nunca contou a ela.

— Não por sua causa — insiste Liz.

— Então foi porque...

— Porque eu não achei que ela precisasse ser lembrada de que estava morrendo e outra mulher tinha de substituí-la. Sob certos aspectos.

Tyler muda de expressão, mas não se mexe.

— Era isso o que você fazia? — pergunta. — Estava assumindo alguns deveres de Beth por ela?

— Honestamente? Sim. No início.

— Você estava tapando buraco para uma amiga.

— No início foi isso. Ficou diferente depois de um tempo.

— Eu tenho quarenta e sete anos. Pareço a minha idade.

— Tenho cinquenta e seis — diz ela. — Na verdade, você é meio novinho para mim.

— Eu fui um garoto bonito. Vim ao mundo assim. É meio desalentador, na verdade, ser um sujeito para quem ninguém olha mais.

— Eu olho para você.

— Não estou falando de você. Falo de estranhos. Gente que nos olha por opção.

— É importante para mim — diz ela — que você tenha cuidado tão bem de Beth.

— Só fiz o que qualquer um faria.

— Você não arredou o pé de perto dela, certo?

— Não foi bem assim.

— Você não evitou ficar ao lado dela. Eu vi. Assistiu enquanto a morte a consumia, não uma, mas duas vezes, e continuou com ela. Não parou de vê-la como a Beth que ela era.

— Foi só... Isto é, quem não teria feito isso?

— Um monte de gente. Eu vim a pé até aqui, aliás.

— De Williamsburg?

— Foi. Atravessei a ponte a pé.

— Por quê?

— Por que você estava em pé no parapeito?

— Responda, por favor.

— Estou respondendo — diz ela. — Senti o impulso de vir a pé até a sua casa. Você sentiu o impulso de sair do apartamento, mas não de descer para a rua. Nós dois, ao mesmo tempo. Está vendo a ligação?

— Mais ou menos. Na verdade, não.

— Devo ir embora?

— Não — diz ele. — Não quer vir deitar comigo aqui um pouquinho? Não é uma cantada.

— Seria legal se fosse.

— É que está tão escuro aqui.

— Você não tem *luz nenhuma*. Você e Barrett realmente se desfizeram de *tudo*?

— Não do sofá. Nem da tevê.

— Os dois únicos objetos no mundo que têm importância para você.

— Seria bacana ficarmos deitados aqui um pouco, pode ser?

— Pode.

Os postes de luz no parque emitem halos pálidos, bordas de luz separadas por uma obscuridade leve e agitada. Sam diz a Barrett:

— Não é a noite toda, certo?

Barrett andou checando o céu enquanto os dois caminhavam. Aparentemente não consegue se impedir de fazer isso; não quando está no Central Park. Como sempre, o céu é o mesmo.

— Não — responde. — Eu não imporia a você uma noite inteira de Andrew e Stella. É que... Você sabe, ele ligou.

Sam diz:

— O Central Park sempre foi para os ricos, sabia?

— Acho que ouvi isso em algum lugar.

— Em meados do século 19, projetaram a futura Nova York. Isto aqui era só floresta e fazendas.

— Eu sei, disso eu sei.

— Tinha quem valorizasse o modelo londrino. Montes de pequenos parques por todo lado. Esses perderam. Os caras que ganharam levaram adiante esse parque gigante que ficava a milhas de distância de onde moravam os pobres. E disseram a Frederick Law Olmstead: "Nada que vá agradar aos pobres. Nada de terrenos para paradas, nada de campos para jogos de bola."

— Sério? — indaga Barrett.

— Como dá para imaginar, o preço dos imóveis disparou. Os pobres ficaram na ponta de baixo, os ricos, na de cima. E cá estamos.

— Cá estamos.

— Estou sendo pedante, não? — observa Sam. — Estou enchendo o seu saco?

— Não — responde Barrett. — Eu mesmo sou um pouco pedante também.

Barrett se permite olhar longa e atentamente para Sam enquanto os dois caminham. O rosto de Sam, de perfil, é mais severo e convencionalmente bonito do que visto de frente. De lado, o nariz tem mais atitude; o domo da testa encontra, com uma curva mais potente, arquitetônica, as mechas indomadas do cabelo. De perfil ele se parece, levemente, com Beethoven.

Os japoneses não têm uma palavra para isso? Será *ma*? Significa (existe mesmo em japonês, ou não passa de uma tentativa de Barrett para valorizar uma de suas invenções empregando uma estética asiática?) aquilo que não pode ser visto de forma fixa ou singular; aquilo que se altera com o movimento. Prédios têm *ma*. Jardins, também. Sam, idem.

Sam diz:

— O que foi?

— Nada.

Sam ri. Seu equipamento abrange um riso profundo, musical — a seção dos sopros sendo afinada antes do início do concerto.

A RAINHA DA NEVE   223

*

Andrew e Stella estão esperando pelos dois no Strawberry Fields. Sentam-se juntos, bem próximos, num banco perto da borda do disco Imagine. Parecem jovens viajantes sem tostão, nem desesperados nem derrotados (ainda), mas começando, a esta altura, a se cansar de vagar; atravessam esse momento de juventude em que a irresponsabilidade começa, muito devagarinho, a se alterar; ainda não seguros de um destino, mas começando a desejar tê-lo, o que os surpreende — tinham acreditado que seriam os únicos capazes de escapar disso, capazes de vagabundear para sempre, que se sentiriam felizes com uns poucos trocados, felizes em revirar o lixo, com a eventual noite passada da melhor maneira possível na sala de espera de uma rodoviária qualquer. Andrew e Stella são como jovens amantes que acabam de se dar conta — para seu triste espanto — de que o chamado das mães (*Amor, está na hora, está na hora de voltar para casa*) não é mais o aborrecimento de antes; que essas imprecações estão se transformando — essa é a última coisa que um e outro querem — em bondade; que a voz das mães e a preocupação dessas com segurança e conforto funcionam agora como atração gravitacional.

Andrew e Stella conversavam em voz baixa com uma concentração tamanha que se surpreendem com a chegada de Barrett e Sam.

— Oi — diz Barrett.

Andrew se vira e sorri para Barrett:

— Oi, cara.

Será possível que Andrew tenha envelhecido? Não é possível. Barrett se encontrou com ele faz apenas um mês. O rosto ainda é como o de uma escultura de mármore num museu, mas algo vem mudando. Será? Acaso um início de corrosão se insinua sob a pele, ainda não visível na superfície, mas prestes a ficar? Acaso algum sinal de ruína prematura ameaça se instalar? Ou não passa de uma impressão sob a parca claridade?

Stella sorri conscientemente para Barrett, como se acabasse de frear o riso. Stella bem podia ser a filha de uma jovem deusa sonhadora que, sabe-se lá como, copulou com um falcão. Parece um pássaro, mas de um jeito desagradável e feroz. Sua compleição franzina — os bracinhos leitosos, o longo caule alvo do pescoço — transpira a acuidade engenhosa de um predador. Ela é pequena, mas de forma alguma frágil.

Andrew pula do banco, estende o braço para dar a Barrett o costumeiro aperto de mão do vencedor, a palma aberta na altura do ombro, que Barrett retribui. Andrew faz o mesmo com Sam, a quem encontrou uma única vez, rapidamente, acidentalmente, na Orchard Street.

Sam diz:

— Oi, Andrew.

Stella não se levanta do banco. Barrett se aproxima, como nitidamente ela espera que ele faça.

— Oi, Stella.

Ela fixa nele os olhos de falcão. Eles não são ameaçadores, não exatamente — Barrett não é a presa. Ainda assim, Stella deixa claro que o vê, vê tudo, de uma considerável altura, que é capaz de enxergar a sombra de um coelho tão claramente quanto vemos as luzes de um trem que se aproxima.

— Oi, Barrett. — A voz, aguda, e o tom juvenil não combinam com o restante. Uma moça mais doce, mais simples, fala dentro do rosto e do corpo do predador. Quem há de saber que persona é a mais genuína?

Andrew, anfitrião dessa festa íntima, misteriosa, diz:

— Obrigado a vocês por terem vindo.

— Ei, a noite está agradável — comenta Barrett. — É uma das últimas assim. Sabem o que é esse rosnado grave que ouvimos? O inverno. Não está a mais de dois quilômetros de distância.

— Pode crer — concorda Andrew.

Barrett tem consciência da presença de Sam, de pé calado, conjeturando, provavelmente, sobre o que faz ali; como isso foi acontecer com ele.

— Então? Que tal irmos beber alguma coisa?

— A gente não costuma frequentar bares — diz Stella.

— Bem, então, que tal se Sam e eu formos comprar uma garrafa de vinho ou algo do gênero e trouxermos para cá?

— Nós não bebemos.

Barrett diz:

— Ótimo. Beber faz mal. Eu bebo, admito, e vejam a minha vida.

Stella o encara com atenção predadora, como se sua declaração fosse literal. Um incauto acharia que ela, como Andrew, não usa ironia nem sarcasmo — que esse é um dialeto desconhecido no lugar onde moram.

Barrett olha de relance para Sam, promete-lhe com os olhos que irá tirá-los dali tão rápido quanto humanamente possível.

Stella diz baixinho, mais na direção de Barrett do que para Barrett:

— Vocês vão ver uma coisa miraculosa.

Barrett se volta para ela. Está ciente da imaterialidade física de Stella, que não é delicada nem frágil, mas levemente translúcida, como se a sua carne fosse feita de uma substância mais maleável, mais propensa a hematomas e cicatrizes do que a da maioria das pessoas. Como se não tivesse sido fisicamente concluída.

Barrett diz:

— Como assim?

A expressão de vaga semiatenção de Stella não se altera, bem como também não se altera o tom encantatório da sua voz.

Ela diz:

— Vocês vão ver uma coisa miraculosa. Logo.

— O que você acha que é? — indaga Barrett.

Stella balança a cabeça:

— Não faço ideia. Mas sou meio vidente.

Dito isso, ela volta de onde esteve... não um transe, nada assim dramático; seu olhar deixa de ser o de um drogado que fixa o vazio que flutua diante dos seus olhos.

Eles estão chapados, não? Ela e Andrew? Como Barrett não percebeu isso? Já teve, sabe Deus, um bocado de experiência com Tyler.

— Bacana — diz ele. — Estou ansioso para ver.

Andrew intervém. Podia muito bem ser um marido num jantar festivo, um sujeito que finalmente teve sua cota de tagarelice feminina e resolve, com um certo entusiasmo, abordar o tema telhados de amianto versus telhado de madeira ou falar das virtudes da própria aparelhagem de som.

Ele diz a Barrett:

— Cara, tudo bem. Tenho uma coisa para lhe dizer. E quer saber? Não quis dizer por telefone.

— O que é? — pergunta Barrett.

— E achei que não havia lugar melhor para dizer isso do que o Central Park.

— Ótimo. Vamos ouvir, então.

Andrew lança um olhar para Stella e Sam, um olhar hesitante, mas conspirador — *Não se preocupe, essas pessoas são do bem, são confiáveis.*

Diz a Barrett:

— Eu vi a luz. Quer dizer, a luz da qual você me falou.

Não ocorre a Barrett o que responder. Ele volta a olhar na direção de Sam. Sam não sabe da luz. Sam parece se sentir entre estrangeiros que falam uma língua que ele não entende. Por isso, sua única opção é ficar parado, cordialmente esboçando um meio-sorriso e uma expressão de semicompreensão inofensiva.

— Ontem à noite — diz Andrew —, eu estava voltando para casa. Andando, simplesmente, em Utica. Estamos morando em Crown Heights agora.

Stella diz, num desafio orgulhoso:

— Moramos nesse apartamento imenso. Com um monte de gente. Gente bacana.

Podia muito bem estar defendendo as virtudes — os costumes simples, a profunda humanidade — de um país pequeno, internacionalmente insignificante.

— Certo.

— Olhei para cima — diz Andrew —, foi como se alguma coisa me mandasse olhar para cima. E lá estava.

— A luz — emendou Barrett.

— Era meio... piscante — diz Andrew. — Bem ali. Como um punhado de estrelas, porém mais baixo que estrelas. Verde. Mais perto, sabe, da terra. Do que ficam as estrelas.

— Você realmente viu — diz Barrett.

— Ele viu — confirma Stella. *Não duvide da palavra do meu companheiro.*

— Eu queria lhe contar isso — diz Andrew a Barrett. — Eu também vi, cara. E que lugar melhor para lhe contar do que aqui no parque?

— Isso é... É incrível.

— Uma coisa muito linda.

— É.

Barrett se surpreende ao perceber que está tremendo. Será possível? Sim, é possível. Poderia ser. Não foi Andrew a primeira pessoa a quem contou? Não foi um instinto que o levou a contar? Na ocasião, ele chegou a pensar que era tesão e cocaína. Mas talvez, talvez, ele soubesse, de alguma forma, que Andrew, aquele sujeito simples e bonito, era a única pessoa sua conhecida que talvez... Talvez fosse inocente o bastante para acreditar. A única pessoa, talvez, como aparentemente acabara acontecendo, inocente o bastante para ver a luz com os próprios olhos.

Havia Liz, também, claro, mas Liz insistira então, e ainda insistia, que tudo não passara de imaginação.

Uma realidade nova, mais rica, começa, aos poucos, a se impor. Existe, na terra, um pequeno grupo de cidadãos comuns (não é fato que Deus sempre favoreceu os cidadãos comuns?) propensos a ter visões.

E se Barrett (e Andrew, e talvez até mesmo a cínica Liz) estiver à beira de uma revelação, e se for um dos primeiros a saber que o criador está voltando para levá-lo?

É possível. Não parece, no momento, impossível.

Barrett consegue, com esforço, manter a voz firme:

— Então. Um punhadinho de estrelas.

— Sim. Cor de turquesa.

— E você... Você *sentiu* alguma coisa?

— Senti o olho de Deus, cara. Tipo me examinando.

Sim. Uau. Esses peregrinos errantes, receptores de uma piscadela celestial...

Barrett hesita:

— Eu sei. Quer dizer, também senti. Essa... Essa vigilância. Direcionada a mim.

— Com certeza.

— Isso é... Isso é incrível.

— Incrível, com certeza.

Segue-se um silêncio. Barrett faz o possível para se lembrar de Sam, pobre Sam, meio alijado, perguntando-se *que diabos?*, mas Sam há de entender, terá de entender, Barrett vai lhe explicar tudo. Barrett não é louco, não se trata de delírio. Um genitor gigantesco, até agora desconhecido, resolveu que está na hora de fazer com que seus filhos saibam que são vistos, registrados; que, afinal, não estiveram perdidos na floresta todo esse tempo...

— Por isso, escute — diz Andrew. — Quero lhe pedir um favorzinho.

— Claro. Pode pedir.

Andrew faz uma pausa, dá mais um sorriso, aquele imaculado, destituído de artifícios ou intenções, encantamento juvenil, nada mais.

E diz:

— Estou com um probleminha. Um probleminha de nada.

— Qual é?

— Tem a ver com dinheiro.

— Ah! — Barrett aparentemente não consegue ir além desse "ah!" nem consegue infundir nesse monossílabo algo melhor que uma decepção confusa.

Andrew fecha o sorriso. Tem alguma coisa ali, a rapidez com que ele é capaz de fazer o sorriso sumir. O rosto se anuvia. Mais uma vez, ali estão os primeiros sintomas sutis e reveladores de uma doença mais latente — a erupção prestes a aflorar, a tosse mais forte e úmida que uma tosse comum.

Andrew diz:

— Estou devendo dinheiro a um cara.

— Entendi.

Barrett aguarda, não lhe resta senão aguardar. Algo terrível se aproxima, ele pode sentir, uma mudança de maré; um esverdear opaco da água naquele que, até então, era apenas mais um dia de verão na praia.

— Eu me empolguei um pouco — prossegue Andrew. — Sabe como é, não?

— Sei.

— E esse cara. Ele está querendo dinheiro de mim. Dinheiro que devo a ele.

Existe um cara a quem Andrew deve dinheiro. O cara provavelmente quer o dinheiro mais cedo e não mais tarde.

— Entendi.

— Por isso fiquei pensando... Você acha que pode me emprestar algum?

— Emprestar a você algum.

— Você sabe, nós dois vimos a luz.

Barrett não consegue se obrigar a responder. Não está pronto, não exatamente, para embarcar nessa nova revelação — essa não revelação. É uma armação. Andrew não viu coisa alguma no céu. Trata-se, simplesmente, de vigarice. Escolheu Barrett como alvo, porque Barrett tem tendência ao delírio. Barrett é meio fanático. Andrew sempre teve perfeita ciência do efeito que causa em Barrett (por que alguém imaginaria que as crianças bonitas não têm?), e Barrett há de contribuir para a Fundação dos Caras que Viram a Luz.

Stella foi convocada a ajudar, foi instruída: dê a ele uma "previsão" mediúnica para que você possa se dizer surpresa ao descobrir que o fenômeno era o certo, mas o *timing*, errado.

— Você é meu amigo, certo? — insiste Andrew. — Estou numa pequena enrascada. Preciso de um amigo neste momento.

Barrett se escuta dizer:

— Na verdade, não tenho dinheiro algum. Na verdade, não *produzo* dinheiro algum. Trabalho na loja de Liz.

Surge, então, no rosto de Andrew uma expressão de desespero e cansaço. Uma versão daquele rosto jamais vista por Barrett. De repente, Andrew é o assombrado, observando, ansioso, do alto de uma varanda num dia quente de agosto, as pessoas passarem, atônito com a súbita capacidade dessa gente de se virar tão bem sem ele.

— Cara — diz Andrew —, não estou falando de um monte de dinheiro. Estou encrencado, você entende?

— Entendo — responde Barrett. — Entendi. Mas acho que não posso ajudar você.

— Eu vi uma *luz*. Recebi a piscadela do sagrado. Isso faz diferença. Cá entre nós, tem de fazer diferença, certo?

— Na verdade você não viu nada, viu?

— Cara, eu acabei de contar.

Sam diz:

— De quanto você precisa?

A coffee-shop é uma caixa de luz estridente. Tyler segura com ambas as mãos a caneca de café, protegendo-a num abraço. Liz ignora por completo seu bulezinho de chá.

— Você acredita que eu nunca fui à Califórnia? — indaga Tyler.

— Um monte de gente nunca foi à Califórnia.

Essa coffee-shop em especial, num daqueles quarteirões mais escuros da Avenida C, é a predileta de pessoas para as quais as coisas nunca parecem dar certo. Uma mulher com cabelo laranja fosforescente pergunta mais alto que o necessário qual é a sopa do dia. Dois homens, ambos de óculos escuros, discutem sobre se existe diferença entre cimento e concreto.

— Tem uma cidade chamada Castroville — diz Tyler a Liz. — É a capital mundial da alcachofra.

— Essa é a principal atração para você?

— Não. É que parece tão... Tão Califórnia.

— Suponho que sim.

— Todo ano eles fazem um festival de alcachofras. Tem desfile. Tem rainha. Eles se vestem com uma roupa feita de folhas de alcachofra. Sabe quem já foi rainha da alcachofra? Marilyn Monroe.

— Onde você *descobre* esse tipo de coisa?

— Sou viciado em notícias.

— Isso saiu no *noticiário*?

— Estaremos na Califórnia para a eleição — diz ele.

— Sim.

— Talvez a gente dê um jeito de assistir ao festival da alcachofra. Vamos ver uma garota desfilando numa ruazinha com uma roupa feita de folhas de alcachofra e aí descobrimos que são McCain e Palin.

— Seria uma grande coincidência, não acha?

— Claro. É só uma sensação, sei lá, de que seria um certo consolo ensandecido descobrir que o país finalmente iria genuinamente se destruir enquanto assistíamos a uma garota bonita usando um vestido feito de folhas de alcachofra acenar para a multidão.

— Você está obcecado.

— Como é? "Obcecado" é para paixões menores. Obcecado é o cara que tem dezessete gatos. Obcecado é quem tem todos os videogames já produzidos no mundo. Estou interessado no destino do mundo. Por acaso isso lhe parece excêntrico?

Ela diz:

— Se você for para a Califórnia comigo, preciso que pare com as drogas.

— Não estou usando drogas.

Tudo de que Liz precisa é olhá-lo nos olhos.

— Você acha que sabe tudo, não é?

— Não, só presumo o pior e às vezes dá a impressão de que sei tudo.

De um dos reservados ouve-se um dos homens de óculos escuros dizer:

— Cimento tem mais areia. Por isso tantos prédios em países subde-senvolvidos desabam. Eles usam cimento.

Tyler olha para o círculo negro do seu café. E diz:

— Parei com as drogas. De uma vez por todas.

— Mentira.

— Não é não.

— Ora, ora. Que ótimo, então.

Ela sabe, claro que sabe, que ele está mentindo.

— Quando eu *usava* drogas — diz Tyler —, era para chegar à música. Eu achava que não ia conseguir se o meu cérebro não estivesse alterado.

— Você faz ideia de como isso é uma declaração de *viciado*? — indaga Liz.

— Está bem. Eu sei. É tão melhor pôr tudo em pratos limpos.

— A ideia é essa. Para a população em geral.

Tyler diz:

— É o seguinte: quando você usa drogas, tem essa sensação de que está tentando achar um caminho para o lugar onde fica a música.

Um dos homens de óculos escuros, o outro, diz:

— Você está louco. São só duas palavras para a mesma coisa.

— Eu entendo — concorda Liz. — Eu costumava usar drogas para me sentir conectada a Andrew.

— Ah, certo. Eu tentar compor uma música decente é como você tentar atravessar uma noite com um garoto que precisaria de um minuto para distinguir a mão direita da esquerda.

— Okay, péssimo exemplo. Só estou querendo lhe dizer que, se você estivesse usando drogas de novo, eu entenderia. Continuaria querendo que parasse. Mas entenderia.

Tyler assente, como se concordasse com um velho truísmo que secre-tamente sabe ser falso.

Esse é o momento de contar a verdade a Liz.

O momento passa.

— Mas parei — diz ele. — De vez. É duro, quer dizer, estou sozinho com a música agora.

Ela diz:

— E se isso fosse menos importante?

— Como assim?

— Se toda a sua vida não girasse em torno de compor música?

— Francamente, não estou gostando desse assunto.

— Não falo em desistir da música, mas se você fosse um homem que vivesse a própria vida e encarasse a música apenas como parte dela?

Ele diz:

— Vade retro, Satanás!

Ela ri. É suficientemente segura para rir.

A mulher de cabelo laranja declara à garçonete que vai experimentar a sopa de repolho, mas avisa que existe uma possibilidade real de que a mande de volta.

Liz:

— Você pensou que podia compor músicas que salvariam a vida de Beth, não é mesmo?

— Isso seria delírio de grandeza.

— Ou algum tipo de ideia francamente tocante de que você pudesse fazer mais do que podem fazer os seres humanos.

O primeiro dos homens de óculos escuros diz:

— Por que haveria dois nomes diferentes para a mesma coisa? Isso não faz sentido.

Tyler diz:

— Tem uma coisa em que eu venho pensando ultimamente.

— Hã hã.

— Não chega nem a ser uma *ideia*, exatamente. Não formulei nem para mim mesmo. É mais uma molécula de ideia em formação.

— Nova demais para falar a respeito?

— Vou tentar explicar.

— Faça isso.

— Tenho me perguntado se tentar compor música é mais importante para mim do que a música em si.

— Entendi.

— Sério?

— Acho que sim.

— O que eu curto realmente é a expectativa. Adoro a ideia da música. Depois, quando ela está pronta...

— Até o seu sucesso no YouTube?

— Até essa. Eu me sinto meio... desencarnado. Como um artefato de alguma civilização perdida do qual ninguém sente muita falta.

— Mas ela é mesmo uma boa canção — insiste Liz. — Para seu conhecimento.

A mulher de cabelo laranja comenta, com ninguém em especial, que repolho às vezes lhe dá gases.

— Isso não parece fazer grande diferença — diz Tyler. — Ainda preciso terminar o álbum. Falta uma música.

— Talvez você não termine o álbum.

— Tenho um contrato.

— Quem dá bola para um contrato?

Ele assente. Na verdade, quem dá bola para um contrato?

Ela diz:

— Tem florestas de sequoias na Califórnia.

— Ouvi dizer.

— Tem ondas quebrando nos penhascos e águias voltejando no céu.

— Já vi fotos.

— Mas isso não significa que a gente não possa ir a Castroville também — diz ela. — Se você quer mesmo ver uma garota com um vestido feito de folhas de alcachofra.

— Não posso ir — diz Tyler. — Não agora. Preciso terminar o álbum.

Ele pousa a mão, espalmada, na mesa. Liz olha atentamente para a mão.

— Então é o que você deve fazer. Você pode me encontrar na Califórnia depois. Se quiser.

— E podemos ir a Castroville. Para o festival da alcachofra.

— Podemos. Precisamos descobrir quando é. É importante
— Muito fácil achar no Google — responde Tyler.
— Estarei na Califórnia — diz ela. — Te aviso onde me encontrar.
— Ótimo. Bom saber.

Passado um instante, Liz põe a mão sobre a dele, enquanto a garçonete chega para perguntar, com uma cordialidade de velha rabugenta, se os dois acabaram ou se desejam mais alguma coisa.

Enquanto atravessam o Gramado Monumental, Barrett pergunta a Sam:

— Por que você daria dinheiro a Andrew?

— Ao que parece, ele precisa — diz Sam. — E eu tenho dinheiro. Um pouco, não muito. Mas tenho o suficiente para impedir um rapaz idiota de levar uma surra de algum traficante.

— Você acha mesmo que alguém iria *dar uma surra* em Andrew?

— Não faço ideia. Não é isso que importa, é?

— O que é que importa?

— Alguém precisa de dinheiro. A gente tem algum. Então, quem sabe pode ajudar...

— Mesmo que seja uma armação? — indaga Barrett.

— Acho que praticamente todo mundo que diz que precisa de dinheiro precisa mesmo de dinheiro. Talvez não pelos motivos declarados, mas mesmo assim...

— Isso é meio cristão.

— Só humano. Não que os cristãos não possam agir assim. Mas não é exclusividade deles.

— Eles já têm muito — diz Barrett.

— Só as propriedades imóveis são um espanto. Epa, já estou sendo pedante de novo.

— E, como nós dois sabemos, gosto de pedantismo. Conheço o pedantismo. *Vivo* o pedantismo.

Impulsivamente, de um jeito infantil, Barrett belisca a manga do paletó de Sam. Para se localizar. Como faria uma criança.

Será possível que Sam tenha uma generosidade simples, uma bondade, e que essas qualidades sejam reais e duradouras? Será possível que isso possa importar, que isso possa servir de apoio, que isso possa ser uma corda na qual se agarrar para chegar, mão na mão, a um destino ainda demasiado distante para ser visível?

Os dois atravessam o Gramado Monumental. Adiante de ambos se ergue o gigante de pedra que é o Museu Metropolitan, com sua severa alvura familiar. Barrett pensa, como sempre acontece quando se aproxima do museu, no que ele abriga: uma amostra mais que adequada de cada instância em que seres humanos tiveram a inspiração necessária para fazer mais do que seres humanos tecnicamente são capazes de fazer, seja dar vida à pintura e à tela teimosamente inertes ou martelar o ouro para transformá-lo em relicários de santos com rostos extasiados ou torturados do tamanho de moedas.

Mais à frente fica o lugar onde Barrett viu a luz. Barrett e Sam podem estar prestes a passar quase exatamente pelo ponto em que Barrett estava quando a luz surgiu no céu.

Talvez Liz tenha razão. Talvez a luz não fosse senão uma alucinação, criada pela confluência de uma constelação e um avião, inventada por

Barrett numa noite em que precisava tão urgentemente se sentir mais acompanhado no mundo.

Ou talvez a luz estivesse, na verdade, olhando para o museu, registrando suas maravilhas adormecidas na noite, e Barrett tivesse suposto que a luz olhava para *ele*, do jeito como às vezes devolvemos com entusiasmo um sorriso e o aceno de um estranho que, com efeito, olhava e acenava para alguém atrás de nós.

Ou talvez a luz fosse só mais uma das piadas de Deus. Talvez Barrett deva pensar em se recusar a cair nessa.

Sam diz:

— Você quer me contar essa história da luz?

— É uma história estranhíssima — responde Barrett.

— Gosto de histórias estranhas.

— Gosta mesmo, não? Você gosta de histórias estranhas.

— Não consigo pensar numa história estranha demais.

— Ótimo — diz Barrett.

Surpresa: pela primeira vez, Barrett não é aquele que espera, talvez com um excessiva ansiedade, encantar; aquele que dá tratos à bola em busca de histórias interessantes (e depois se preocupa pensando se as histórias não serão "interessantes" demais); que tenta, de diversas maneiras, explicar a própria vida a outrem, sacando da manga um buquê de rosas. No momento, não é ele que anseia ser beijado, e mais: é ele quem provoca em outrem tal anseio.

Coca ou Pepsi? A mais banal de todas as perguntas idiotas, feita por um estranho que não parecia, então, ser muito importante. Quem imaginaria uma resposta tão comprida, tão complicada?

Barrett aguarda um instante antes de falar. Sam o observa enquanto os dois caminham. Seus olhos são inofensivos, inteligentes e, no momento, mais que um tantinho impassíveis. Disseram-lhe, afinal, que ele está prestes a ouvir uma história estranha, e apesar de ter garantido que gosta de histórias estranhas (o que mais, aliás, lhe caberia dizer?), deve estar se sentindo cauteloso. Quem sabe que histórias estranhas terá ouvido de outros homens? Quem há de saber o tamanho do seu temor? Quão dolorosa é a sua história de rupturas e abandonos; de histórias que acabam por se mostrar levemente estranhas demais para serem ouvidas?

Barrett fixa os olhos nos de Sam. Um silêncio vivo se instala entre ambos; um breve interlúdio de calma durante o qual as moléculas do ar parecem mais agitadas que de hábito, ativadas por algum tipo de fagulha invisível, algum zumbido quase inaudível. Barrett caminha ao lado de Sam. Barrett se sente energizado, como se seu botão LIGAR estivesse apertado; como se emitisse calor e uma luz nebulosa, mas palpável, ligeiramente febril.

A frase de Stella lhe volta à mente. *Você vai ver uma coisa miraculosa.* Será possível, seria possível, ela ser um tantinho vidente? Não ser uma vigarista, mas alguém que percebeu algo real? Que se referisse ao futuro e não ao passado? Que Barrett, de fato, esteja prestes a ver uma coisa miraculosa, embora não haja como identificar sua natureza?

Ele se recompõe, cai na real, prepara-se para desembuchar tudo: as esperanças fadadas à destruição; a imagem de uma nova vida que, provavelmente, não passa de um otimismo ridículo. Dedica toda a atenção ao homem ainda em grande parte desconhecido que caminha a seu lado, à espera. Barrett jura ver, no rosto de Sam, uma expressão de compreensão ansiosa, nervosamente antecipada; uma premonição da parte de Sam de que nada a respeito de Barrett possa ser de mais ou de menos. Barrett não ergue os olhos para o céu.

Agora é só Tyler, no sofá do apartamento de resto vazio (descontando-se o brilho cego da tela da tevê) (em pouquíssimos dias, aquele retângulo brilhoso, vistoso — não vamos nos iludir — há de mostrar Sarah Palin, com um sorriso de triunfo de orelha a orelha e o cabelo salpicado de confete). Mas ali, por enquanto, reina o silêncio oco da televisão; o encantamento aveludado do escuro e a quietude (descontando-se o barulho dos carros lá fora e a mulher que grita — para quem? — "Você jamais, jamais, jamais...").

O mundo está acabando. McCain e Palin tomarão providências nesse sentido. Tyler sente (e admite sentir) uma leve e nauseante satisfação na boca do estômago: afinal, tinha razão, o tempo todo.

Mesmo a débâcle iminente, contudo, parece remota no momento. Tyler retornou ao modo flutuação, graças à sua acólita, a amiga estranhamente doce no envelopinho de papel. Falta menos de uma música. Depois, Tyler terá... terminado. Não ficará satisfeito, não pode invocar a sensação de romance necessária a essa esperança desesperada, mas terá terminado alguma coisa que há de existir em um mundo maior do que o mundo de um casamento na sala de estar ou de um punhado de clientes num bar; algo que será julgado cruel ou generosamente, ou ignorado por completo, por gente que não conhece Tyler, que não ama Tyler, que não dá a mínima para o sofrimento passado e presente de Tyler, que não se importa em destruí-lo nem resgatá-lo ou em encontrar-se com ele na Califórnia. A canção será lançada em meio a uma indiferença acachapante, purgante, mas será lançada. Não há de desaparecer meramente, de forma tão absoluta como se jamais tivesse existido.

Ele vai encontrar Liz, depois que tiver terminado. E não insistirá para que os dois assistam ao raio do festival da alcachofra em Castroville, para o qual (graças ao Google) faltam ainda seis meses, de todo jeito. Aquilo foi mera brincadeira, conversa de chá, uma tentativa de humor perverso. Tyler se contentará em caminhar com Liz nas florestas de sequoias, vendo as águias pegarem peixes na superfície verde-esmeralda do Pacífico. Ficará suficientemente feliz com isso. Tal esperança lhe parece razoável.

Será aí que reside a última canção? Será seu tema um sonho com sequoias e águias? Com uma mulher que ele possa amar ferozmente, uma mulher com quem ele possa travar uma batalha erótica, uma fantasia (quem não prefere fantasias a resultados reais?) de amor de um guerreiro envelhecido?

Ou quem sabe não será também melosa? Apenas outra... Uma outra canção? Um desejo acalentado quanto a uma mulher caminhando em meio a árvores seculares, sob um céu onde voam águias. Tyler consegue ver, com uma clareza assustadora, como tudo pode dar errado; com que facilidade tudo pode se transformar em mais uma fuga triste e conhecida, a fuga da mulher na floresta, a paz e a pureza que aguardam, bem ali, em uma sala iluminada por velas, noutra cidade, num outro litoral...

Mas não é que a música penetra no cômodo, mesmo agora? O ar se agita, estremece. O truque, como Tyler aprendeu, é agir despreocupadamente, jazer imóvel no sofá — seu único bem terreno — como quem espera que os sonhos noturnos aconteçam.

Talvez — não descartemos tal hipótese — essa venha a ser a música para superar todas as outras, a que se imporá, revelando, despida do romantismo vulgar, sob o velho invólucro, uma veneração selvagem, não apenas confortadora, um desejo mais profundo que uma satisfação pueril, um anseio frio e imaculado e irrefreável como a neve. Talvez seja um recorte deliciosamente sádico em lugar de um louvor melancólico. Talvez venha a ser a ferida que não quer cicatrizar; a busca que jamais chega ao tesouro, mas que mesmo assim prossegue, procurando com uma persistência cada vez maior o que não pode ser encontrado, entendendo que o que interessa é a busca, não o primeiro vislumbre da tocha que ilumina a câmara subterrânea repleta de ouro e alabastro.

Os mortos, se é que os mortos conservam algum vestígio de consciência, talvez se sintam sozinhos precisamente dessa forma — solitários, enterrados, enquanto o mundo segue em frente sem eles. Barrett está em algum lugar, com Sam, e Tyler sabe (já tem experiência suficiente para tanto) que a transubstanciação está ocorrendo; que a consciência inerte do pão, que, para Barrett, significa o Homem, foi chamada à vida; que todas aquelas horas de contato da bunda com a madeira impiedosa de um banco de igreja levariam (surpresa!) a algum lugar, afinal. Aparentemente o amor chegou. Ou talvez fosse mais preciso dizer que Barrett chegou ao amor. E fez isso com um homem que irá lhe encher os olhos; que substituirá Tyler, ao contrário dos casinhos inconsequentes que (há quanto tempo Tyler sabe disso?) jamais ameaçaram interferir — não de forma séria ou duradoura — na relação fraterna.

Quase nunca o resultado é o esperado, certo? Nossas esperanças podem parecer frustradas, mas muito provavelmente estávamos esperando pela coisa errada. Onde foi que nós — a nossa espécie — adquirimos esse hábito estranho e perverso?

Deus te abençoe, Barrett. É o desejo do seu irmão mais velho no apartamento do quarto andar da Avenida C. Não exatamente um olho no céu, mas, afinal, só podemos oferecer o que temos, certo? A bênção do seu irmão levemente perturbado, que não consegue prover romance, mas provê intimidade e libertação. Conheço você, já vi isso. E, tudo sabendo, liberto você.

O céu piscou para você, certo? Talvez. Talvez tenha piscado. Ou talvez fossem apenas um avião e uma nuvem. Mas, se o Céu pisca para alguém, sem dúvida há de ser para os que menos atenção chamam; para os que remexem entre o que foi descartado; os que preferem a trilha à avenida, o buraco na cerca aos portões majestosos. Talvez por isso não haja provas verificáveis, certo? O universo só pisca para aqueles nos quais ninguém acredita.

É essa a piada? Essa é a piada dentro da piada. A revelação só é feita aos demasiado pobres e obscuros para serem considerados candidatos.

Da posição de Tyler no sofá, um dos dois janelões da sala se situa perfeitamente no espaço entre seus pés. Dá para ver os pontinhos das luzes da cidade e, ao que parece, uma estrela solitária, uma estrela tão brilhante que é capaz de se destacar no céu de Nova York. Ou talvez seja um avião. Eles decolam do Aeroporto John Kennedy e de La Guardia a cada dez minutos mais ou menos.

Tyler não consegue se lembrar de uma época em que não se sentisse fascinado por janelas; em que não se imaginasse capaz de dar o salto e, em lugar de mergulhar, ascender até que as constelações estivessem mais próximas do que as luzes da rua.

A gente tenta cantar para se aproximar das estrelas (ou mesmo dos aviões que imitam estrelas), e a beleza estranha disso está na distância impossivelmente remota, que continuaria real ainda que se fosse *capaz* de voar. Quem haveria de querer uma estrela ao alcance da mão? Quem haveria de fazer um pedido a algo atingível?

É a canção e é a mulher. É a canção que se pode imaginar, mas não cantar de verdade. O mesmo se aplica à mulher.

Ou será isso apenas mais baboseira romântica?

A própria Liz é, ou logo será, uma luz no céu, quando, com um monte de outros, decolar do aeroporto John Kennedy. Será que ela, mesmo agora, neste exato momento, está lá em cima no céu noturno, olhando para as luzes de Nova York cá embaixo? Estará pensando em Tyler (a dez mil metros de altitude e subindo), enquanto Tyler pensa nela?

Pensando em Liz, pensando nas estrelas e nas luzes do avião em um céu noturno, Tyler de repente tem uma certeza: Liz está olhando para ele lá de cima exatamente como ele olha para ela cá de baixo, através do teto, através dos três outros apartamentos empilhados sobre o seu, onde outras pessoas, que lhe são desconhecidas, lutam, esperam e se questionam, perguntam a si mesmas como, afinal, acabaram indo parar ali, refletem se devem ou não falar da geladeira quase vazia, da extravagância de suas roupas de cama (algodão egípcio de 600 fios, aliás, que diabos é isso?), ou apenas assistir à tevê.

Lá está de novo aquele cisco em seu olho. Ele esfrega, mas o cisco continua preso à retina.

Ocorre-lhe estar com algo no olho há algum tempo já. Simplesmente repara mais nisso em determinadas ocasiões do que em outras.

Uma recordação inesperada (uau, que lembrança antiga!): aquele cristal de gelo que entrou voando no quarto — há quanto tempo mesmo? Quando Beth estava morrendo pela primeira vez; quando Tyler se levantou da cama e fechou a janela; quando tinha tanta certeza de que seria capaz de cuidar de tudo, de todos.

Será que o cisco não saiu até hoje?

Não. Isso é loucura. Tyler se perdeu numa bruma de sugestionabilidade. Que é onde ele mais deseja estar.

Fez o que se esperava que fizesse. Amou os outros da melhor maneira que pôde. Cuidou para que o irmão andasse pelas próprias pernas; cumpriu os votos assumidos, há muito tempo, perante a aparição que afirmava ser sua mãe.

E se isso tiver sido suficiente? E se a última canção tiver que ficar inacabada? E se Tyler, por conta de continuar a lutar, não puder senão sabotá-la? E se a janela estiver lhe dizendo, com seu posicionamento tão perfeito entre seus pés apartados, que chegou a hora de voar?

Tyler não consegue saber com certeza se está levantando do sofá ou meramente especulando a esse respeito.

Ainda assim — talvez por invocação do sofá assombrado, por causa da janela, da curta distância entre eles — parece que algo — algo — entrou na sala; algo que está prestes a pôr uma nota musical na testa de Tyler, cálida como um beijo de boa noite. Está prestes a lhe dar sua última canção, seu presente de despedida, a rosa que vai começar a fenecer no instante em que for depositada sobre o travesseiro dele. Será um lamento por Beth conjugado a uma canção de amor para Liz. Que vai se insinuar em seu cérebro cansado (aquele mico de circo, insistindo que pode tocar uma sonata em uma concertina miniatura), e depois — por ser a derradeira e mais gloriosa das decepções, o destino inalcançável, a mulher que sempre há de partir — libertá-lo. Depois disso, as estrelas talvez lhe deem uma piscadela também. Assim que ele terminar a canção e se tornar novamente invisível. Então será capaz de responder o que pergunta a janela, se vai permanecer na sala ou alçar voo.

Tyler fica onde está, deitado, suplicante, à espera. Pensa em Liz, nas luzes do seu avião, lá em cima. Liz, ao que parece, uniu-se ao céu.

Ele diz ou imagina dizer: "Oi, Deusa. Você está aí?"

Agradecimentos

Não consigo imaginar minha vida de escritor sem os vinte e cinco anos de inspiração, contribuição e encorajamento que recebi de Ken Corbett.

Gail Hochman, minha agente, Jonathan Galassi, meu editor, e eu somos praticamente um pelotão literário da SWAT há mais anos do que eu (ou, suponho, eles) consigo me lembrar. Sou grato, também, a Marianne Merola, que cuida de forma tão escrupulosa de todas as edições estrangeiras.

Parte deste livro foi escrita na Santa Maddalena Foundation, de Beatrice von Rezzori. A generosidade e a amizade de Beatrice são imensamente relevantes na minha vida há mais de uma década.

Sou especialmente grato a Marie Howe, capaz de avistar uma frase malfeita com a mesma precisão com que um falcão vê um rato a cento e cinquenta metros de distância. Entre outros leitores vitais se incluem Frances Coady, Jessie Gaynor, Daniel Kaizer, James Lecesne, Christiam Mc Cullock, Adam Moss, Christopher Potter, Seth Pybas, Sal Randolph e Derrick Smit.

Jonathan Parks-Ramage, Jessie Gaynor e Fiona True me mantiveram na estrada, sob vários aspectos, enquanto eu produzia este livro. Jochen Hartmann me deu informações sobre Bushwick no período de 2004 a 2008.

Semanalmente sou levado, por Tim Berry, Jen Cabral, Bily Hough, Dan Minahan, Nina West e Ann Wood, a me lembrar do talento dos leitores para a reflexão e do quanto eles são sensíveis a nuances. Além disso, enquanto eu tentava entender melhor o processo de composição musical, Billy chegou a ir à minha casa com um teclado elétrico para me mostrar as diferenças entre um acorde maior e um acorde menor.

A noção visual de David Hopson é insuperável.

O revisor, John McGhee, não só corrigiu todos os lapsos gramaticais e inadequações vocabulares, como também notou que eu usara inadvertidamente algumas expressões até mesmo oito ou nove vezes.

Miranda Popkey e Christopher Richards transformaram uma pilha de páginas manchadas e manuseadas em um livro.

Agradeço também a Steven Barclay, Michael Warner e Sally Wilcox.

Finalmente, este livro não existiria (por motivos só deles conhecidos) sem Billy Hough, Tracy McPartland e Nina West.

Impresso no Brasil pelo
Sistema Cameron da Divisão Gráfica da
DISTRIBUIDORA RECORD DE SERVIÇOS DE IMPRENSA S.A.
Rua Argentina 171 – Rio de Janeiro, RJ – 20921-380 – Tel.: 2585-2000